大家小书

唐宋词格律

龙榆生 著

北京出版集团公司
北京出版社

图书在版编目（CIP）数据

唐宋词格律 / 龙榆生著. — 北京 : 北京出版社，2019.11

（大家小书）

ISBN 978-7-200-14777-3

Ⅰ. ①唐… Ⅱ. ①龙… Ⅲ. ①唐宋词—诗词格律 Ⅳ. ① I207.23

中国版本图书馆 CIP 数据核字（2019）第 066227 号

总 策 划：安　东　高立志　　责任编辑：王忠波　孔伊南

·大家小书·

唐宋词格律

TANG-SONG CI GELU

龙榆生　著

出　　版　北京出版集团公司
　　　　　北京出版社

地　　址　北京北三环中路 6 号

邮　　编　100120

网　　址　www.bph.com.cn

总 发 行　北京出版集团公司

印　　刷　北京华联印刷有限公司

经　　销　新华书店

开　　本　880 毫米 ×1230 毫米　1/32

印　　张　10.125

字　　数　153 千字

版　　次　2019 年 11 月第 1 版

印　　次　2023 年 2 月第 2 次印刷

书　　号　ISBN 978-7-200-14777-3

定　　价　39.00 元

总　　序

袁行霈

“大家小书”，是一个很俏皮的名称。此所谓“大家”，包括两方面的含义：一、书的作者是大家；二、书是写给大家看的，是大家的读物。所谓“小书”者，只是就其篇幅而言，篇幅显得小一些罢了。若论学术性则不但不轻，有些倒是相当重。其实，篇幅大小也是相对的，一部书十万字，在今天的印刷条件下，似乎算小书，若在老子、孔子的时代，又何尝就小呢？

编辑这套丛书，有一个用意就是节省读者的时间，让读者在较短的时间内获得较多的知识。在信息爆炸的时代，人们要学的东西太多了。补习，遂成为经常的需要。如果不善于补习，东抓一把，西抓一把，今天补这，明天补那，效果未必很好。如果把读书当成吃补药，还会失去读书时应有的那份从容和快乐。这套丛书每本的篇幅都小，读者即使细细地阅读慢慢地体味，也花不了多少时间，可以充分享受读书的乐趣。如果把它们当成补药来吃也行，剂量小，吃起来方便，消化起来也容易。

我们还有一个用意，就是想做一点文化积累的工作。把那些经过时间考验的、读者认同的著作，搜集到一起印刷出版，使之不至于泯没。有些书曾经畅销一时，但现在已经不容易得到；有些书当时或许没有引起很多人注意，但时间证明它们价值不菲。这两类书都需要挖掘出来，让它们重现光芒。科技类的图书偏重实用，一过时就不会有太多读者了，除了研究科技史的人还要用到之外。人文科学则不然，有许多书是常读常新的。然而，这套丛书也不都是旧书的重版，我们也想请一些著名的学者新写一些学术性和普及性兼备的小书，以满足读者日益增长的需求。

“大家小书”的开本不大，读者可以揣进衣兜里，随时随地掏出来读上几页。在路边等人的时候，在排队买戏票的时候，在车上、在公园里，都可以读。这样的读者多了，会为社会增添一些文化的色彩和学习的气氛，岂不是一件好事吗？

“大家小书”出版在即，出版社同志命我撰序说明原委。既然这套丛书标示书之小，序言当然也应以短小为宜。该说的都说了，就此搁笔吧。

导　读

杨　璐

关于词谱格律的书有十几种，为什么要读龙榆生先生的《唐宋词格律》呢？那首先要看你读这类书的目的是什么？如果你想尽量多了解词谱格律，建议去读《钦定词谱》《词律》等大型专著。如果你想泛泛了解词谱格律，建议去读《诗词格律概要》《诗词格律》等书籍。如果你不但想了解、掌握词谱格律，还想依谱填词，小试牛刀，那么就建议你读读这本《唐宋词格律》。

《唐宋词格律》的作者龙榆生先生（名沐勋，字榆生，以字行）不但是近代颇负盛名的词学大师，还是著名的词人。说他是词学大师，因为终其一生专门研究词学，著作多与词相关：创办《词学季刊》《同声月刊》；编纂《唐宋名家词选》《近三百年名家词选》；著有《词学十讲》《词曲概论》等词论书籍。近代同负盛名的词学大师有三位，另两位是《读词常识》的作者夏承焘先生和《元人小令格律》的作者唐圭璋先生，他们在词学领域各有建树，而龙榆生先生在词的声律学领域成就更为突出。他还著有《忍寒词》《风雨龙吟室词》等数种词集传世，词风深沉清雅，是词学家研究的对象、填词人学习的模板。从词人的角度，将其毕生填词的经验融入词学研究的《唐宋词格律》之中，自与把词仅作为语言学研究的著作不同。作为词谱格律专著而又适用于填词的，除《白香词谱》而外，近代以来名家专著较少。而《唐宋词格律》与同类书相比有什么不同呢？简述五点：

一、《唐宋词格律》中的词谱格律与其他同类书中的格律有所不同，要求更为严格，体现了词与音乐韵律的关系，这对填词者打好基础是重要的。试择一小令做比较，如本书中的《渔歌子》（又名《渔父》）格律为：

＋丨——丨丨—（韵）＋——丨丨——（韵）—丨丨（句）丨——（韵）——丨丨丨——（韵）

而在《诗词格律》中《渔歌子》格律为：

＋丨——丨丨—（韵）＋—＋丨丨——（韵）—丨丨（句）丨——（韵）＋—＋丨丨——（韵）

（见中华书局2000年版第166页。为方便比较，采用统一格律符号：＋可平可仄，—平，丨仄。）凡七字句中都有不同之处，这是因为后者的七字句沿用了近体诗的格律。词的格律与音乐相关，与要表达的情绪相通，较严格；近体诗的格律却无此特点，较宽松。由此例可看出《唐宋词格律》的严谨。

另外，《唐宋词格律》中词的格律与例词严格统一，这对依律填词者有重要的指导作用。而有的诗词格律书在这方面不够严谨，如上例：《渔歌子》歇拍“笑指柴门待月还”，格律却是“平平仄仄仄平平”（出处同上）两者全然相悖，这会使学词者迷惑。

二、仅依词谱的平仄格律就可以填词吗？不可以。因为词对格律还有其他严格的特殊要求，对这些特殊要求，在《唐宋词格律》每词牌下有清晰简捷的“帮助”文字。而一般的诗词格律书中，或缺“帮助”，或笼统言之，难济实用。以下结合《唐宋词格律》中的例词和“帮助”列举词对格律的特殊要求。有的句子须用对偶，如《南歌子》首二句：“柳色遮楼暗，桐花落砌香。”有的韵脚须用叠韵，如《长相思》首二句：“汴水流，泗水流。”有的仄韵格须用入声韵，如《满江红》，声调悲壮激越；而有的仄韵格忌用入声韵，如《祝英台近》，声调宛转凄抑。有的句中仄字必用去声，如《太常引》结句“被白发、欺人奈何”的倒数第二字，用去声方能将调激起。有的五字句须用上一、下四句法，如《醉太平》的结句：“写春风数声。”……另外，“帮助”文字还注出某些词牌的来源，隶属宫调，所宜表达的情绪，等等。如《贺新郎》悲壮激烈，决不适宜贺喜；《寿楼春》来源于悼亡之作，低抑凄惨，决不可用于贺寿。填词者不可仅从词牌望文生义，这是必须注意的。

三、《唐宋词格律》选择常用词牌153个，依词的规律按韵脚分类排列，即：平韵、仄韵、平仄韵转换、平仄韵通叶、平仄韵错叶五格；每格中再按字数由少至多排列。根据词的特点，韵脚的平仄不同变化与要表达的情绪相关，所以这样分类排列，有助于填词者选择较适合的词牌。而一般的诗词格律书，多仅按字数排列，忽略了词的特点。

四、《唐宋词格律》原名《唐宋词定格》，因词起于唐，延于五代，盛于宋，在唐宋之际词已定格，故而名之。《唐宋词格律》在“定格”之外又酌加“变格”，有的变格不唯格律变化，而且比定格还著名、还常用，如《木兰花》的“变格”《减字木兰花》就如此。加入“变格”，使填词者多了一重选择。而一般的诗词格律书多有忽略。

五、《唐宋词格律》与同类书相比，在内容上有所补足，使之更适合于填词。如在一般的诗词格律书中，词仅作为“诗余”，是诗的附属品，书中不具体开列“词韵”，普通介绍词曲知识的书也如此，当然就不便用于填词。而此书后面附有“词韵简编”，填词者使用很方便。

另外，《唐宋词格律》与清民之际的著名词谱如《考正白香词谱》相比，增加了每个词牌下单独开列的格律，显著明了，便于掌握；而后者或仅于例词行间标出可平可仄之字，或在字下注出平仄，这使得例词与格律杂糅，填词初学者会顾此失彼。

综上所述，《唐宋词格律》弥补了其他同类书的不足，既是你了解、掌握词谱的词学专著，又是助你依谱填词的工具书。龙榆生先生作为填词、论词、研究词谱格律的大家，集一生学问浓缩著成《唐宋词格律》这样一本不足十四万字的“小书”，有志于学词、填词的人岂能不读？

凡　　例

（一）本编依韵脚分类，计分平韵、仄韵、平仄韵转换、平仄韵通叶、平仄韵错叶等五格。

（二）本编所收诸格，以适宜表达各种不同情感而又为多数人所采用者为主，间亦兼采不甚习见之调，但一般涩体概从省略。

（三）本编所收诸格，以所采标准作品之字数多寡为排列先后。

（四）每一格除标句、豆、韵外，每字逐一标明平仄，以—表平，｜表仄，＋表可平可仄。其有须兼顾特殊情况，如某字定要去声之类，并见附注。

（五）每一词牌，皆说明来历及所属各调，间或指出适宜表达何种情感。其无从查考或可泛用者从略。

（六）每一词牌，以诸家所最习用者为定格。其或句豆小有出入者，别为第一、第二等格，或加附注。又习用平韵改作仄韵，或习用仄韵改作平韵者为变格。

（七）每一词牌，原有平仄两体者，视其应用范围之广狭以定隶属，而以使用较少者附见于后。

（八）词有从七言绝句或单调小令增演为引、近、慢者，间亦依万树《词律》旧例，依次排列，以明发展因由。

（九）每一格视传世名作之多寡，举一阕至若干阕以示例，供参考比较。

（十）每一格下所举唐宋词，以、表豆（在句中），以·表句、◦表平韵、△表仄韵（均在句下），以便查核。唯少数按格中应作豆者，因文意而或有改标作句者。

目 录

第一类　平韵格

第二类　仄韵格

第三类 平仄韵转换格

第四类 平仄韵通叶格

第五类　平仄韵错叶格

第一类　平韵格

十六字令

又名《苍梧谣》《归字谣》。十六字，三平韵。

定　格

—（韵）＋｜——｜｜—（韵）——｜（句）＋｜｜——（韵）

例　一

天！休使圆蟾照客眠。人何在？桂影自婵娟。

——蔡伸

例　二

归！猎猎西风卷绣旗。拦教住，重举送行杯。

——张孝祥

南歌子

又名《南柯子》《风蝶令》。唐教坊曲，《金奁集》入“仙吕宫”。二十六字，三平韵，例用对句起。宋人多用同一格式重填一片，谓之“双调”。

定　格

｜｜——｜（句）——｜｜—（韵）＋—＋｜｜——（韵）＋｜＋—＋｜｜——（韵）

例　一

柳色遮楼暗，桐花落砌香。画堂开处晚风凉，高卷水晶帘额衬斜阳。

——张泌

例　二（双调）

驿路侵斜月，溪桥度晓霜。短篱残菊一枝黄，正是乱山深处过重阳。

旅枕原无梦，寒更每自长。只言江左好风光，不道中原归思转凄凉。

——吕本中（旅思）

渔歌子

又名《渔父》。唐教坊曲，《金奁集》入“黄钟宫”。二十七字，四平韵。中间三言两句，例用对偶。

定　格

＋｜——｜｜—（韵）＋——｜｜——（韵）—｜｜（句）｜——（韵）——｜｜｜——（韵）

例

西塞山前白鹭飞，桃花流水鳜鱼肥。青箬笠，绿蓑衣，斜风细雨不须归。

——张志和

忆江南

又名《望江南》《梦江南》《江南好》。《金奁集》

入“南吕宫”。段安节《乐府杂录》：“《望江南》始自朱崖李太尉（德裕）镇浙日，为亡妓谢秋娘所撰，本名《谢秋娘》，后改此名。”二十七字，三平韵。中间七言两句，以对偶为宜。第二句亦有添一衬字者。宋人多用双调。

定 格

－＋｜（句）＋｜｜－－（韵）＋｜＋－－｜｜（句）＋－＋｜｜－－（韵）＋｜｜－－（韵）

例 一

春去也！多谢洛城人。弱柳从风疑举袂，丛兰裛露似沾巾，独坐亦含颦。

——刘禹锡（和乐天《春词》，依《忆江南》曲拍为句）

例 二

天上月，遥望似（“似”是衬字）一团银。日暮更阑风渐紧，为侬吹散月边云，照见负心人。

——敦煌无名氏

例　三（双调）

春未老，风细柳斜斜。试上超然台上望，半壕春水一城花，烟雨暗千家。

寒食后，酒醒却咨嗟。休对故人思故国，且将新火试新茶，诗酒趁年华。

——苏轼（超然台作）

潇湘神

唐代潇湘间祭祀湘妃神曲，刘禹锡为填两词，见《刘梦得文集》卷八。二十七字，三平韵，叠一韵。

定　格

—｜—（韵）—｜—（叠）｜—＋｜｜——（韵）＋｜｜——｜｜（句）———｜｜——（韵）

例

斑竹枝，斑竹枝，泪痕点点寄相思。楚客欲听瑶瑟怨，潇湘深夜月明时。

——刘禹锡

捣练子

又名《深院月》。例作征妇怀念征人之词。《太和正音谱》入“双调”。二十七字，三平韵。

定 格

—｜｜（句）｜——（韵）｜｜——｜｜—（韵）＋｜｜——｜｜（句）｜——｜｜——（韵）

例 一

深院静，小庭空，断续寒砧断续风。无奈夜长人不寐，数声和月到帘栊！

——李煜

例 二

边堠远，置邮稀，附与征人衬铁衣。连夜不妨频梦见，过年唯望得书归。

——贺铸

浪淘沙

唐教坊曲。刘禹锡、白居易并作七言绝句体，五代时始流行长短句双调小令，又名《卖花声》。五十四字，前后片各四平韵，多作激越凄壮之音。《乐章集》名《浪淘沙令》，入“歇指调”，前后片首句各少一字。复就本宫调演为长调慢曲，共一百三十四字，分三段，第一、二段各四仄韵，第三段两仄韵，定用入声韵（唐宋人词，凡同一曲调，原用平声韵者，如改仄韵，例用入声，原用入声韵者，亦常改作平韵）。《清真集》入“商调”，韵位转密，句豆亦与《乐章集》多有不同，共一百三十三字，第一段六仄韵，第二、三段各五仄韵，并叶入声韵。

格　一（七言绝句式）

＋丨——＋丨—（韵）＋—＋丨丨——（韵）＋—＋丨＋—丨（句）＋丨——丨丨—（韵）

附注：此用仄起式。亦有用平起者，与七绝平起式全同。

例　一（仄起式）

日照澄洲江雾开，淘金女伴满江隈。美人首饰侯王印，尽是沙中浪底来。

——刘禹锡

例　二（平起式）

滩头细草接疏林，浪恶罾船半欲沉。宿鹭眠鸥非旧浦，去年沙觜是江心。

——皇甫松

格　二（双调小令）

＋｜｜——（韵）＋｜——（韵）＋—＋｜｜——（韵）＋｜＋——｜｜（句）＋｜——（韵）

＋｜｜——（韵）＋｜——（韵）＋—＋｜｜——（韵）＋｜＋——｜｜（句）＋｜——（韵）

例　三（小令定格）

帘外雨潺潺，春意阑珊。罗衾不耐五更寒。梦里不知身是客，一晌贪欢。

独自莫凭栏！无限江山。别时容易见时难。流水落花春去也，天上人间！

——李煜

例　四

把酒祝东风，且共从容。垂杨紫陌洛城东。总是当年携手处，游遍芳丛。

聚散苦匆匆，此恨无穷。今年花胜去年红。可惜明年花更好，知与谁同？

——欧阳修

例　五（小令别格）

有个人人，飞燕精神。急锵环佩上华裀。促拍尽随红袖举，风柳腰身。

簌簌轻裙，妙尽尖新。曲终独立敛香尘。应是西施娇困也，眉黛双颦。

——柳永

格　三（商调慢曲）

｜—｜（句）——｜｜（句）｜｜—｜（入声韵）—｜——｜｜（韵）——｜｜｜｜（韵）｜｜｜———｜｜（韵）｜—｜（豆）｜｜—｜（韵）｜｜｜——｜—｜（句）——｜—｜（韵）

—｜（韵）｜—｜｜—｜（韵）｜｜｜————｜（句）｜｜—｜｜（韵）—｜｜——（句）—｜—｜（韵）｜—｜｜（韵）—

｜—（豆）—｜———｜（韵）

—｜————｜（韵）——｜（豆）｜—｜｜（韵）｜—｜（豆）———｜｜（韵）｜—｜（豆）｜｜——（句）｜｜｜（句）——｜｜——｜（韵）

附注：此种慢曲，必须选用入声韵部。所有拗句与领格字，不但要遵守平仄，更得注意四声，方能符合曲体。

例　六（慢曲）

晓阴重，霜凋岸草，雾隐城堞。南陌脂车待发，东门帐饮乍阕。正拂面垂杨堪揽结，掩红泪、玉手亲折。念汉浦离鸿去何许？经时信音绝。

情切，望中地远天阔。向露冷风清无人处，耿耿寒漏咽。嗟万事难忘，唯是轻别。翠樽未竭，凭断云、留取西楼残月。

罗带光消纹衾叠，连环解、旧香顿歇。怨歌永、琼壶敲尽缺。恨春去、不与人期，弄夜色，空馀满地梨花雪。

——周邦彦

附注：词中领格字，除“嗟”字用平声领四言二句外，余如“正”“念”“向”三字皆得用去声。

江南春

单调小令，为北宋寇准所创。三十字，三平韵。

定　格

—｜｜（句）｜——（韵）———｜｜（句）—｜｜——（韵）———｜——｜（句）—｜———｜—（韵）

例

波渺渺，柳依依。孤村芳草远，斜日杏花飞。江南春尽离肠断，蘋满汀洲人未归。

——寇准

忆王孙

单调小令，又名《豆叶黄》《阑干万里心》。三十一字，五平韵。

定　格

＋—＋｜｜——（韵）＋｜——＋｜—（韵）＋｜——｜

丨—（韵）丨——（韵）＋丨——＋丨—（韵）

例

萋萋芳草忆王孙，柳外楼高空断魂，杜宇声声不忍闻。欲黄昏，雨打梨花深闭门。

——李重元（春词）

江城子

一作《江神子》。《金奁集》入“双调”。三十五字，五平韵。结有增一字，变三言两句为七言一句者。宋人多依原曲重增一片。

定　格

＋—＋丨丨——（韵）丨——（韵）丨——（韵）＋—＋丨（句）＋丨丨——（韵）＋丨＋——丨丨（句）—丨丨（句）丨——（韵）

附注：第一句可作“丨丨——丨丨—”。第四句中四字亦可作“丨丨——”。

例　一

鸡鹊飞起郡城东。碧江空，半滩风。越王宫殿，蘋叶藕花中。帘卷水楼鱼浪起，千片雪，雨濛濛。

——牛峤

例　二

晚日金陵岸草平。落霞明，水无情。六代繁华，暗逐逝波声。空有姑苏台上月，如（增字）西子镜照江城。

——欧阳炯

例　三（双调）

十年生死两茫茫。不思量，自难忘。千里孤坟，无处话凄凉。纵使相逢应不识，尘满面，鬓如霜。

夜来幽梦忽还乡。小轩窗，正梳妆。相顾无言，惟有泪千行。料得年年肠断处，明月夜，短松冈。

——苏轼（乙卯正月二十日夜记梦）

长相思

又名《双红豆》。唐教坊曲。双调小令。三十六字，前后片各三平韵，一叠韵。

定　格

＋＋－（韵）＋＋－（叠）＋丨－－＋丨－（韵）＋－＋丨－（韵）

＋＋－（韵）＋＋－（叠）＋丨－－＋丨－（韵）＋－＋丨－（韵）

例　一

汴水流，泗水流。流到瓜洲古渡头，吴山点点愁。

思悠悠，恨悠悠。恨到归时方始休，月明人倚楼。

——白居易

例　二

长相思，长相思。若问相思甚了期？除非相见时。

长相思，长相思。欲把相思说似谁？浅情人不知。

——晏几道

醉太平

双调小令，三十八字，前后片各四平韵。第一、二句第三字，第四句第一及第四字，最好用去声，方能将调激起。结句是上一、下四。

定 格

——丨—（韵）——丨—（韵）＋—＋丨——（韵）丨——丨—（韵）

——丨—（韵）——丨—（韵）＋—＋丨——（韵）丨——丨—（韵）

例 一

情高意真，眉长鬓青。小楼明月调筝，写春风数声。

思君忆君，魂牵梦萦。翠销香暖银屏，更那堪酒醒！

——刘过（闺情）

例 二

长亭短亭，春风酒醒。无端惹起离情，有黄鹂数声。

芙蓉绣裀，江山画屏。梦中昨夜分明，悔先行一程。

——戴复古

玉蝴蝶

唐曲，《金奁集》入“仙吕调”。四十一字，前片四平韵，后片三平韵。宋教坊演为慢曲，《乐章集》亦入“仙吕调”。九十九字，前片五平韵，后片六平韵。

格　一

———｜——（韵）—｜｜——（韵）｜｜｜——（韵）——｜｜—（韵）

———｜｜（句）—｜｜——（韵）—｜｜——（韵）｜——｜—（韵）

例　一

秋风凄切伤离，行客未归时。塞外草先衰，江南雁到迟。

芙蓉凋嫩脸，杨柳堕新眉。摇落使人悲，断肠谁得知？

——温庭筠

格　二（慢调）

｜｜｜——｜（句）＋—＋｜（句）＋｜——（韵）｜｜——（句）—｜｜｜——（韵）｜—＋（豆）＋—＋｜（句）＋｜

＋（豆）＋｜——（韵）｜——（韵）｜——｜（句）＋｜——（韵）

——（韵）——｜｜（句）｜——｜（句）｜｜——（韵）｜

｜——（句）｜——｜｜——（韵）｜—＋（豆）＋—＋｜（句）

＋｜＋（豆）＋｜——（韵）｜——（韵）｜——｜（句）＋

｜——（韵）

例　二

望处雨收云断，凭阑悄悄，目送秋光。晚景萧疏，堪动宋玉悲凉。水风轻、蘋花渐老，月露冷、梧叶飘黄。遣情伤，故人何在？烟水茫茫。

难忘，文期酒会，几孤风月，屡变星霜。海阔山遥，未知何处是潇湘？念双燕、难凭远信，指暮天、空识归航。黯相望，断鸿声里，立尽斜阳。

——柳永

浣溪沙

唐教坊曲，《金奁集》入“黄钟宫”，《张子野词》入“中吕宫”。四十二字，上片三平韵，下片两平韵，过片二句多用对偶。别有《摊破浣溪沙》，又名《山花子》，上下片各增三字，韵全同。

格　一

＋｜＋－＋｜－（韵）＋－＋｜｜－－（韵）＋－＋｜｜－－（韵）

＋｜＋－－｜｜（句）＋－＋｜｜－－（韵）＋－＋｜｜－－（韵）

例　一

惆怅梦馀山月斜，孤灯照壁背红纱，小楼高阁谢娘家。
暗想玉容何所似？一枝春雪冻梅花，满身香雾簇朝霞。

——韦庄

例　二

一曲新词酒一杯，去年天气旧亭台，夕阳西下几时回？
无可奈何花落去，似曾相识燕归来，小园香径独徘徊。

——晏殊

例　三

麻叶层层苘叶光，谁家煮茧一村香？隔篱娇语络丝娘。

垂白杖藜抬醉眼，捋青捣麨软饥肠。问言豆叶几时黄？

——苏轼（徐门石潭谢雨道上作）

例　四

北陇田高踏水频，西溪禾早已尝新，隔篱沽酒煮纤鳞。

忽有微凉何处雨，更无留影霎时云，卖瓜人过竹边村。

——辛弃疾（常山道中即事）

格　二（摊破浣溪沙）

｜｜——｜｜—（韵）———｜｜——（韵）—｜——｜—｜（句）｜——（韵）

＋｜＋——｜｜（句）＋——｜｜——（韵）—｜｜——｜｜（句）｜——（韵）

附注：上片第三句末三字，可作“—｜｜”。

例　五

菡萏香销翠叶残，西风愁起绿波间。还与韶光共憔悴，不堪看。

细雨梦回鸡塞远，小楼吹彻玉笙寒。多少泪珠何限恨，倚阑干。

——李璟

巫山一段云

唐教坊曲，原咏巫山神女事。双调小令，四十四字，前后片各三平韵。《乐章集》增两字，后片转用两仄韵，两平韵，与此不同。

定 格

+丨——丨（句）——+丨—（韵）+—+丨丨——（韵）+丨丨——（韵）

+丨——丨（句）——+丨—（韵）+—+丨丨——（韵）+丨丨——（韵）

例

古庙依青嶂，行宫枕碧流。水声山色锁妆楼，往事思悠悠。

云雨朝还暮，烟花春复秋。啼猿何必近孤舟，行客自多愁。

——李珣

采桑子

又名《丑奴儿令》《罗敷艳歌》《罗敷媚》。唐教坊大曲有《杨下采桑》，南卓《羯鼓录》作《凉下采桑》，属“太簇角”。此双调小令，殆就大曲中截取一遍为之。《尊前集》注“羽调”，《张子野词》入“双调”。四十四字，前后片各三平韵。别有添字格，两结句各添二字，两平韵，一叠韵。

格　一

＋－＋｜－－｜（句）＋｜－－（韵）＋｜－－（韵）＋｜－－＋｜－（韵）

＋－＋｜－－｜（句）＋｜－－（韵）＋｜－－（韵）＋｜－－＋｜－（韵）

例　一

花前失却游春侣，独自寻芳。满目悲凉，纵有笙歌亦断肠。

林间戏蝶梁间燕，各自双双。忍更思量，绿树青苔半夕阳。

——冯延巳

例　二

轻舟短棹西湖好，绿水逶迤，芳草长堤，隐隐笙歌处处随。

无风水面琉璃滑，不觉船移，微动涟漪，惊起沙禽掠岸飞。

——欧阳修

格　二（添字）

＋－＋｜－－｜（句）＋｜－－（韵）＋｜－－（叠）＋｜－－（句）＋｜｜－－（韵）

＋－＋｜－－｜（句）＋｜－－（韵）＋｜－－（叠）＋｜－－（句）＋｜｜－－（韵）

例　三

窗前谁种芭蕉树？阴满中庭。阴满中庭，叶叶心心，舒卷有余情。

伤心枕上三更雨，点滴凄清。点滴凄清，愁损离人，不惯起来听。

——李清照

画堂春

最初见《淮海居士长短句》。四十七字，前片四平韵，后片三平韵。《山谷琴趣外篇》于两结句各添一字。

定 格

＋－＋丨丨－－（韵）＋－＋丨－－（韵）＋－＋丨丨－－（韵）＋丨－－（韵）

＋丨＋－＋丨（句）＋－＋丨－－（韵）＋－＋丨丨－－（韵）＋丨－－（韵）

例 一

落红铺径水平池，弄晴小雨霏霏。杏园憔悴杜鹃啼，无奈春归！

柳外画楼独上，凭阑手捻花枝。放花无语对斜晖，此恨谁知？

——秦观

例 二（添字）

摩围小隐枕蛮江，蛛丝闲锁晴窗。水风山影上修廊，不到晚来凉。

相伴蝶穿花径，独飞鸥舞溪光。不因送客下绳床，添火炷炉香。

——黄庭坚

阮郎归

又名《醉桃源》《碧桃春》。《神仙记》载刘晨、阮肇入天台山采药，遇二仙女，留住半年，思归甚苦。既归，则乡邑零落，经已十世。曲名本此，故作凄音。四十七字，前后片各四平韵。

定 格

＋——｜｜——（韵）——＋｜—（韵）｜——｜｜——（韵）＋—＋｜—（韵）

—｜｜（句）｜——（韵）＋—＋｜—（韵）＋—＋｜｜——（韵）＋—＋｜—（韵）

例 一

旧香残粉似当初，人情恨不如。一春犹有数行书，秋来书更疏。

衾凤冷，枕鸳孤，愁肠待酒舒。梦魂纵有也成虚，那堪和梦无！

——晏几道

例 二

湘天风雨破寒初，深沉庭院虚。丽谯吹罢小单于，迢迢清夜徂。

乡梦断，旅魂孤，峥嵘岁又除。衡阳犹有雁传书，郴阳和雁无！

——秦观

三字令

双调小令，始见《花间集》。《张子野词》入“林钟商”。四十八字，前后片各四平韵。宋人有于第二句下增“—｜｜”一句，作成对偶者。

定 格

—｜｜（句）｜——（韵）｜——（韵）—｜｜（句）

丨——（韵）丨——（句）—丨丨（句）丨——（韵）

—丨丨（句）丨——（韵）丨——（韵）—丨丨（句）

丨——（韵）丨——（句）—丨丨（句）丨——（韵）

例

春欲尽，日迟迟，牡丹时。罗幌卷，翠帘垂。彩笺书，红粉泪，两心知。

人不在，燕空归，负佳期。香烬落，枕函欹。月分明，花淡薄，惹相思。

——欧阳炯

朝中措

《宋史·乐志》入“黄钟宫”。四十八字，前片三平韵，后片两平韵。

定格

+—+丨丨——（韵）+丨丨——（韵）+丨+—+丨（句）+—+丨——（韵）

+—+丨（句）+—+丨（句）+丨——（韵）+丨+—+

丨（句）＋—＋丨——（韵）

例　一

平山栏槛倚晴空，山色有无中。手种堂前垂柳，别来几度春风？

文章太守，挥毫万字，一饮千钟。行乐直须年少，尊前看取衰翁。

——欧阳修

例　二

黄昏楼阁乱栖鸦，天末淡微霞。风里一池杨柳，月边满树梨花。

阳台路远，鱼沉尺素，人在天涯。想得小窗遥夜，哀弦拨断琵琶。

——周紫芝

眼儿媚

又名《秋波媚》。四十八字，前片三平韵，后片两平韵。

定格

—｜——｜——（韵）+｜｜——（韵）+—+｜（句）+—+｜（句）+｜——（韵）

+—+｜——｜（句）+｜｜——（韵）+—+｜（句）+—+｜（句）+｜——（韵）

附注：首句前四字，一作“+—+｜”。

例 一

杨柳丝丝弄轻柔，烟缕织成愁。海棠未雨，梨花先雪，一半春休。

而今往事难重省，归梦绕秦楼。相思只在，丁香枝上，豆蔻梢头。

——王雱

例 二

酣酣日脚紫烟浮，妍暖试轻裘。困人天气，醉人花底，午梦扶头。

春慵恰似春塘水，一片縠纹愁。溶溶泄泄，东风无力，欲皱还休。

——范成大（萍乡道中）

人月圆

又名《青衫湿》。《中原音韵》入“黄钟宫”。四十八字，前后片各两平韵。

定　格

＋－＋丨－－丨（句）＋丨丨－－（韵）＋－＋丨（句）－－丨丨（句）＋丨－－（韵）

＋－＋丨（句）＋－＋丨（句）＋丨－－（韵）＋－＋丨（句）－－丨丨（句）＋丨－－（韵）

例

小桃枝上春来早，初试薄罗衣。年年此夜，华灯竞处，人月圆时。

禁街箫鼓，寒轻夜永，纤手同携。夜阑人静，千门笑语，声在帘帏。

——王诜（元夜）

柳梢青

又名《陇头月》。四十九字，前后片各三平韵，后片第十二字宜用去声。别有一种改用入声韵，前片三仄韵，后片两仄韵，平仄略异，附载于此。

定　格

＋｜——（韵）＋—＋｜（句）｜｜——（韵）＋｜——（句）＋—＋｜（句）＋｜——（韵）

＋—＋｜——（韵）｜＋｜（豆）——｜—（韵）＋｜——（句）＋—＋｜（句）＋｜——（韵）

例　一

岸草平沙，吴王故苑，柳袅烟斜。雨后寒轻，风前香细，春在梨花。

行人一棹天涯，酒醒处、残阳乱鸦。门外秋千，墙头红粉，深院谁家？

——秦观（一作僧挥）

别　格（仄韵）

｜——｜（韵）｜—＋｜（句）＋——｜（韵）＋｜——（句）＋—＋｜（句）＋——｜（韵）

——｜｜——（句）｜＋｜（豆）——｜｜（韵）＋｜——（句）＋—＋｜（句）＋——｜（韵）

例　二

子规啼血，可怜又是，春归时节。满院东风，海棠铺绣，梨花飞雪。

丁香露泣残枝，算未比、愁肠寸结。自是休文，多情多感，不干风月。

——贺铸

太常引

四十九字，前片四平韵，后片三平韵。两结句倒数第二字定要去声。

定 格

＋－＋｜｜－－（韵）＋｜｜－－（韵）＋｜｜－－（韵）｜＋｜（豆）－－｜－（韵）

＋－＋｜（句）＋－＋｜（句）＋｜｜－－（韵）＋｜｜－－（韵）｜＋｜（豆）－－｜－（韵）

例

一轮秋影转金波，飞镜又重磨。把酒问姮娥：被白发、欺人奈何？

乘风好去，长空万里，直下看山河。斫去桂婆娑，人道是、清光更多。

——辛弃疾（建康中秋，为吕叔潜赋）

少年游

《乐章集》《张子野词》皆入“林钟商”，《清真集》分入“黄钟”“商调”。各家句读亦多出入，兹以柳永词为定格。五十字，前片三平韵，后片两平韵。苏轼、周邦彦、姜夔三家同为别格，五十一字，前后片各两平韵。

定格

＋—＋｜｜——（韵）＋｜｜——（韵）＋—＋｜（句）＋—＋｜（句）＋｜｜——（韵）

＋—＋｜——｜（句）＋｜｜——（韵）＋｜——（句）＋—＋｜（句）＋｜｜——（韵）

例　一

参差烟树灞陵桥，风物尽前朝。衰阳古柳，几经攀折，憔悴楚宫腰。

夕阳闲淡秋光老，离思满蘅皋。一曲阳关，断肠声尽，独自凭兰桡。

——柳永

别格（一）

｜——｜（句）———｜（句）—｜｜——（韵）———｜（句）——｜｜（句）—｜｜——（韵）

｜｜｜———｜（句）—｜｜——（韵）｜｜————｜（句）——｜（豆）｜——（韵）

例　二

去年相送，余杭门外，飞雪似杨花。今年春尽，杨花似雪，犹不见还家。

对酒卷帘邀明月，风露透窗纱。恰似姮娥怜双燕，分明照、画梁斜。

——苏轼（润州作，代人寄远）

别　格（二）

———｜（句）——｜｜（句）—｜｜——（韵）｜｜——（句）｜—＋｜（句）＋｜｜——（韵）

——｜（句）｜——｜（句）—｜｜——（韵）｜｜——（句）｜—＋｜（句）＋｜｜——（韵）

例　三

并刀如水，吴盐胜雪，纤指破新橙。锦幄初温，兽香不断，相对坐调笙。

低声问：向谁行宿？城上已三更。马滑霜浓，不如休去，直是少人行！

——周邦彦

别　格（三）

——｜｜（句）———｜（句）—｜｜——（韵）｜｜——（句）———｜（句）—｜｜——（韵）

——｜｜——｜（句）—｜｜——（韵）—｜——（句）———｜（句）—｜｜——（韵）

例　四

双螺未合，双蛾先敛，家在碧云西。别母情怀，随郎滋味，桃叶渡江时。

扁舟载了匆匆去，今夜泊前溪。杨柳津头，梨花墙外，心事两人知。

——姜夔（戏平甫）

临江仙

双调小令，唐教坊曲。《乐章集》入“仙吕调”，《张子野词》入“高平调”。五十八字，上下片各三平韵。约有三格，第三格增二字。柳永演为慢曲，九十三字，前片五平韵，后片六平韵。

格　一

＋丨＋——丨丨（句）＋—＋丨——（韵）＋—＋丨
丨——（韵）＋—＋丨（句）＋丨丨——（韵）

＋丨＋——丨丨（句）＋—＋丨——（韵）＋—＋丨
丨——（韵）＋—＋丨（句）＋丨丨——（韵）

附注：首句亦可作“＋丨＋丨——丨”，后片换韵。

例　一

金锁重门荒苑静，绮窗愁对秋空。翠华一去寂无踪。
玉楼歌吹，声断已随风。

烟月不知人事改，夜阑还照深宫。藕花相向野塘中。
暗伤亡国，清露泣香红。

——鹿虔扆

例　二（后片换韵）

冷红飘起桃花片，青春意绪阑珊。高楼帘幕卷轻寒。
酒馀人散，独自倚阑干。

夕阳千里连芳草，风光愁杀王孙。徘徊飞尽碧天云。
凤城何处？明月照黄昏。

——冯延巳

格　二

＋｜＋——｜（句）＋—＋｜——（韵）＋—＋｜｜——（韵）＋——｜｜（句）＋｜｜——（韵）

＋｜＋——｜（句）＋—＋｜——（韵）＋—＋｜｜——（韵）＋——｜｜（句）＋｜｜——（韵）

例　三

饮散离亭西去，浮生长恨飘蓬。回头烟柳渐重重。淡云孤雁远，寒日暮天红。

今夜画船何处？潮平淮月朦胧。酒醒人静奈愁浓。残灯孤枕梦，轻浪五更风。

——徐昌图

例　四

梦后楼台高锁，酒醒帘幕低垂。去年春恨却来时。落花人独立，微雨燕双飞。

记得小蘋初见，两重心字罗衣。琵琶弦上说相思。当时明月在，曾照彩云归。

——晏几道

格　三

＋｜＋——｜｜（句）＋—＋｜——（韵）＋—＋｜｜——（韵）＋——｜｜（句）＋｜｜——（韵）

＋｜＋——｜｜（句）＋—＋｜——（韵）＋—＋｜｜——（韵）＋——｜｜（句）＋｜｜——（韵）

例　五

夜饮东坡醒复醉，归来仿佛三更。家童鼻息已雷鸣。敲门都不应，倚杖听江声。

长恨此身非我有，何时忘却营营？夜阑风静縠纹平。小舟从此逝，江海寄余生。

——苏轼

例　六

忆昔午桥桥上饮，坐中多是豪英。长沟流月去无声。杏花疏影里，吹笛到天明。

二十余年如一梦，此身虽在堪惊。闲登小阁看新晴。古今多少事，渔唱起三更。

——陈与义（夜登小阁，忆洛中旧游）

格　四（仙吕调慢曲）

丨丨丨一丨（句）丨一丨丨（句）一丨一一（韵）丨一丨（豆）一一丨丨一一（韵）一一（韵）丨一丨丨（句）一一丨（豆）丨丨一一（韵）一一丨（句）丨丨一一丨（句）一丨一一（韵）

一一（韵）一一丨丨（句）一丨一丨一一（韵）丨一一一丨（句）丨丨一一（韵）一一（韵）丨一十丨（句）一一丨（豆）丨丨一一（韵）一一丨（句）丨丨一一丨（句）一丨一一（韵）

例　七

梦觉小庭院，冷风淅淅，疏雨潇潇。绮窗外、秋声败叶狂飘。心摇，奈寒漏永，孤帏悄、泪烛空烧。无端处，是绣衾鸳枕，闲过清宵。

萧条，牵情系恨，争向年少偏饶。觉新来憔悴，旧日风标。魂消，念欢娱事，烟波阻、后约方遥。还经岁，问怎生禁得，如许无聊？

——柳永

附注：词中“奈”“是”“觉”“念”“问”皆领格字。

鹧鸪天

又名《思佳客》。五十五字，前后片各三平韵，前片第三、四句与过片三言两句多作对偶。

定　格

+丨——+丨—（韵）+—+丨丨——（韵）+—+丨——丨（句）+丨——+丨—（韵）

—丨丨（句）丨——（韵）+—+丨丨——（韵）+—+丨——丨（句）+丨——+丨—（韵）

例　一

彩袖殷勤捧玉钟，当年拚却醉颜红。舞低杨柳楼心月，歌尽桃花扇底风。

从别后，忆相逢，几回魂梦与君同？今宵剩把银釭照，犹恐相逢是梦中。

——晏几道

例　二

枕上流莺和泪闻，新啼痕间旧啼痕。一春鱼雁无消息，千里关山劳梦魂。

无一语，对芳樽，安排肠断到黄昏。甫能炙得灯儿了，雨打梨花深闭门。

——秦观

例　三

陌上柔桑初破芽，东邻蚕种已生些。平冈细草鸣黄犊，斜日寒林点暮鸦。

山远近，路横斜，青旗沽酒有人家。城中桃李愁风雨，春在溪头荠菜花。

——辛弃疾（代人赋）

例　四

壮岁旌旗拥万夫，锦襜突骑渡江初。燕兵夜娖银胡觮，汉箭朝飞金仆姑。

追往事，叹今吾，春风不染白髭须。都将万字平戎策，换得东家种树书。

——辛弃疾（有客慨然谈功名，因追念少年时事，戏作）

小重山

又名《小重山令》。《金奁集》入“双调”。唐人例用以写“宫怨”，故其调悲。五十八字，前后片各四平韵。

定　格

＋丨——＋丨—（韵）＋——丨丨（豆）丨——（韵）＋—＋丨丨——（韵）—＋丨（句）＋丨丨——（韵）

＋丨丨——（韵）＋——丨丨（豆）丨——（韵）＋—＋丨丨——（韵）—＋丨（句）＋丨丨——（韵）

例　一

一闭昭阳春又春。夜寒宫漏永、梦君恩。卧思陈事暗销魂。罗衣湿，红袂有啼痕。

歌吹隔重阍。绕庭芳草绿、倚长门。万般惆怅向谁论？凝情立，宫殿欲黄昏。

——韦庄

例　二

昨夜寒蛩不住鸣。惊回千里梦、已三更。起来独自绕阶行。人悄悄，帘外月胧明。

白首为功名。旧山松竹老、阻归程。欲将心事付瑶筝。知音少，弦断有谁听？

——岳飞

一剪梅

双调小令，六十字，上下片各三平韵。每句并用平收，声情低抑。亦有句句叶韵者。

定　格

＋丨——＋丨—（韵）＋丨——（句）＋丨——（韵）

＋—＋丨丨——（句）＋丨——（句）＋丨——（韵）

＋丨——＋丨—（韵）＋丨——（句）＋丨——（韵）

＋—＋丨丨——（句）＋丨——（句）＋丨——（韵）

例　一

红藕香残玉簟秋。轻解罗裳，独上兰舟。云中谁寄锦书来？雁字回时，月满西楼。

花自飘零水自流。一种相思，两处闲愁。此情无计可消除，才下眉头，又上心头。

——李清照

例　二（句句叶韵）

一片春愁待酒浇，江上舟摇，楼上帘招。秋娘渡与泰娘桥，风又飘飘，雨又潇潇。

何日归家洗客袍？银字笙调，心字香烧。流光容易把人抛，红了樱桃，绿了芭蕉。

——蒋捷（舟过吴江）

唐多令

又名《南楼令》。双调，六十字，上下片各四平韵。亦有前片第三句加一衬字者。

定　格

—｜｜——（韵）＋—＋｜—（韵）｜＋—（豆）＋｜——（韵）＋｜＋——｜｜（句）＋＋｜（句）｜——（韵）

—｜｜——（韵）＋—＋｜—（韵）｜＋—（豆）＋｜——（韵）＋｜＋——｜｜（句）＋＋｜（句）｜——（韵）

例　一

芦叶满汀洲，寒沙带浅流。二十年、重过南楼。柳下系舟犹未稳，能几日，又中秋。

黄鹤断矶头，故人曾到不（平声，读作浮）？旧江山、浑是新愁。欲买桂花同载酒，终不似，少年游！

——刘过（安远楼小集）

例　二

何处合成愁？离人心上秋。纵芭蕉、不雨也（“也”是衬字）飕飕。都道晚凉天气好，有明月，怕登楼。

年事梦中休，花空烟水流。燕辞归、客尚淹留。垂柳不萦裙带住，漫长是，系行舟。

——吴文英

破阵子

唐教坊曲。一名《十拍子》。陈旸《乐书》：“唐《破阵乐》属龟兹部，秦王（李世民）所制，舞用二千人，皆画衣甲，执旗旆。外藩镇春衣犒军设乐，亦舞此曲，兼马军引入场，尤壮观也。”按：《秦王破阵乐》为唐开国时所创大型武舞曲，震惊一世。玄奘往印度取经时，有一国王曾询及之。见所著《大唐西域记》。此双调小令，当是截取舞曲中之一段为之，犹可想见激壮声容。六十二字，上下片皆三平韵。

定　格

丨丨——＋丨（句）＋—＋丨——（韵）＋丨＋——丨丨（句）＋丨——＋丨—（韵）＋—＋丨—（韵）

丨丨——＋丨（句）＋—＋丨——（韵）＋丨＋——丨丨（句）＋丨——＋丨—（韵）＋—＋丨—（韵）

例

醉里挑灯看剑，梦回吹角连营。八百里分麾下炙，五十弦翻塞外声，沙场秋点兵。

马作的卢飞快，弓如霹雳弦惊。了却君王天下事，赢得生前身后名，可怜白发生！

——辛弃疾（为陈同父赋壮词以寄之）

喝火令

始见《山谷词》。六十五字，前片三平韵，后片四平韵。

定 格

丨丨——丨（句）——丨丨—（韵）丨——丨丨——（韵）＋丨丨——丨（句）＋丨丨——（韵）

丨丨——丨（句）——丨丨—（韵）丨——丨丨——（韵）丨丨——（句）丨丨丨——（韵）丨丨丨——丨（句）＋丨丨——（韵）

例

见晚情如旧，交疏分已深。舞时歌处动人心。烟水数年魂梦，何处可追寻？

昨夜灯前见，重题汉上襟。便愁云雨又难禁。晓也星稀，晓也月西沉。晓也雁行低度，不会寄芳音。

——黄庭坚

行香子

双调小令，六十六字，上片五平韵，下片四平韵。音节流美，亦可略加衬字。

定 格

+丨——（韵）+丨——（韵）+—+（豆）+丨——（韵）+—+丨（句）+丨——（韵）丨+—+（句）+—丨（句）+——（韵）

+—+丨（句）+丨——（韵）+—+（豆）+丨——（韵）+—+丨（句）+丨——（韵）丨+—+（句）+—丨（句）丨——（韵）

附注：上下片两结皆以一去声字领下三言三句。下片第二句有与上片平仄相同兼叶韵，亦有两句并用仄收不叶韵者。

例 一

一叶舟轻，双桨鸿惊。水天清、影湛波平。鱼翻藻鉴，鹭点烟汀。过沙溪急，霜溪冷，月溪明。

重重似画，曲曲如屏。算当年、虚老严陵。君臣一梦，今古空名。但远山长，云山乱，晓山青。

——苏轼（过七里滩）

例 二

树绕村庄，水满陂塘。倚东风、豪兴徜徉。小园几许，收尽春光。有桃花红，李花白，菜花黄。

远远苔墙，隐隐茅堂。飏青旗、流水桥旁。偶然乘兴，步过东冈。正莺儿啼，燕儿舞，蝶儿忙。

——秦观（此据康熙《词谱》卷十四所录，汲古阁本《淮海词》及宋本《淮海居士长短句》皆无）

例　三

草际鸣蛩，惊落梧桐。正人间天上愁浓。云阶月地，关锁千重。纵浮槎来，浮槎去，不相逢。

星桥鹊驾，经年才见，想离情别恨无穷。牵牛织女，莫是离中？甚一霎儿晴，一霎儿雨，一霎儿风。

——李清照（见《词谱》卷十四，三“儿”字皆衬）

风入松

古琴曲有《风入松》，传为晋嵇康所作，见《乐府诗集》卷五十九。《宋史·乐志》入“林钟商”。双调，七十六字，前后片各四平韵。

定格

+－+丨丨－－（韵）+丨丨－－（韵）+－+丨－－丨（句）+－+（豆）+丨－－（韵）+丨－－－丨（句）+－+丨－－（韵）

+－+丨丨－－（韵）+丨丨－－（韵）+－+丨－－丨（句）+－+（豆）+丨－－（韵）+丨－－－丨（句）+－+丨－－（韵）

附注：第二句亦有作四言“+丨－－”者。

例一

一春长费买花钱，日日醉湖边。玉骢惯识西湖路，骄嘶过、沽酒楼前。红杏香中箫鼓，绿杨影里秋千。

暖风十里丽人天，花压鬓云偏。画船载取春归去，余情付、湖水湖烟。明日重扶残醉，来寻陌上花钿。

——俞国宝

例二

听风听雨过清明，愁草瘗花铭。楼前绿暗分携路，一丝柳、一寸柔情。料峭春寒中酒，交加晓梦啼莺。

西园日日扫林亭，依旧赏新晴。黄蜂频扑秋千索，有当时、纤手香凝。惆怅双鸳不到，幽阶一夜苔生。

——吴文英

金人捧露盘

又名《铜人捧露盘引》《上西平》《西平曲》。唐李贺有《金铜仙人辞汉歌》，并序云："魏明帝青龙元年八月，诏宫官牵车西取汉孝武捧露盘仙人，欲立置前殿，宫官既拆盘，仙人临载，乃潸然泪下。"乐家取以制曲，故多苍凉激楚之音。此调别体亦多，兹以《东山寓声乐府》为准。八十一字，前片五平韵，后片四平韵。前六、后七两句，并以一去声字领下七言句。《词谱》于第三字豆，作上三下五句式，非。

定格

|——（韵）—||（句）|——（韵）|||（豆）+|——（韵）——||（句）|+——||——（韵）|——|（句）|+—（豆）+|——（韵）

——|（句）——|（句）—||（句）|——（韵）|||（豆）+|——（韵）——||（句）|+——||——（韵）

丨——丨（句）丨＋—（豆）＋丨——（韵）

附注：起用对偶，可不叶韵。贺铸词“江”字，殆是偶合。

例

控沧江，排青嶂，燕台凉。驻彩仗、乐未渠央。岩花磴蔓，妒千门珠翠倚新妆。舞闲歌悄，恨风流、不管余香。

繁华梦，惊俄顷；佳丽地，指苍茫。寄一笑、何与兴亡？量船载酒，赖使君相对两胡床。缓调清管，更为侬、三弄斜阳。

——贺铸（凌歊台）

八六子

始见《尊前集》所收杜牧之作，九十字，句豆与北宋诸家多有出入。兹以《淮海词》为准，八十八字，前片三平韵，后片五平韵。要注意转折处，有骀荡生姿之感，乃称合作。

定 格

丨——（韵）丨——丨（句）——丨丨——（韵）丨丨丨——丨丨（句）丨——丨——（句）丨—丨—（韵）

— — — ｜ — — （韵）｜ ｜ ｜ — — ｜ （句）— — ｜

｜ — —（韵）｜ ｜ ｜（豆）— — ｜ — — ｜（句）｜ — — ｜（句）

｜ — — ｜ （句）— — ｜ ｜ — — ｜ ｜ （句）— — — ｜ — —（韵）

｜ — —（韵）— — ｜ — ｜ —（韵）

附注：前片第四句以一去声字领六言两对句，后片第四句以三仄声字领六言一句，四言两对句，第七句以两平声字领六言两对句。前后两结最末四字并宜用“去平去平”，方能发调。

例

倚危亭，恨如芳草，萋萋刬尽还生。念柳外青骢别后，水边红袂分时，怆然暗惊。

无端天与娉婷，夜月一帘幽梦，春风十里柔情。怎奈向、欢娱渐随流水，素弦声断，翠绡香减，那堪片片飞花弄晚，濛濛残雨笼晴。正销凝，黄鹂又啼数声。

——秦观

雪梅香

《乐章集》入“正宫”。九十四字，前片四平韵，后片五平韵。第三句是上一、下四句法。

定格

｜—｜（句）——｜｜｜——（韵）｜———｜（句）——｜｜——（韵）＋｜——｜—｜（句）｜——｜｜——（韵）｜—｜（句）｜｜——（句）—｜——（韵）

——（韵）｜—｜（句）｜｜——（句）｜｜——（韵）｜｜——（句）｜—｜｜——（韵）＋｜——｜—｜（句）｜——｜｜——（韵）——｜（句）｜｜——（句）—｜——（韵）

例

景萧索，危楼独立面晴空。动悲秋情绪，当时宋玉应同。渔市孤烟袅寒碧，水村残叶舞愁红。楚天阔，浪浸斜阳，千里溶溶。

临风，想佳丽，别后愁颜，镇敛眉峰。可惜当年，顿乖雨迹云踪。雅态妍姿正欢洽，落花流水忽西东。无聊意，尽把相思，分付征鸿。

——柳永

满庭芳

又名《锁阳台》，《清真集》入“中吕调”。九十五字，前片四平韵，后片五平韵。过片二字，亦有不叶韵连下为五言句者。

定　格

＋｜——（句）＋—＋｜（句）｜＋—｜——（韵）｜——｜（句）—｜｜——（韵）＋｜——｜｜（句）＋＋｜（豆）＋｜——（韵）——｜（句）＋—＋｜（句）＋｜｜——（韵）

——（韵）—｜｜（句）——｜｜（句）＋｜——（韵）｜—｜——（句）＋｜——（韵）＋｜＋—｜｜（句）＋＋｜（豆）＋｜——（韵）——｜（句）＋—＋｜（句）＋｜｜——（韵）

附注：后片第四句是上一、下四句法，亦作“｜＋——｜”。

例　一

三十三年，今谁存者？算只君与长江。凛然苍桧，霜干苦难双。闻道司州古县，云溪上、竹坞松窗。江南岸，不因送子，宁肯过吾邦？

纵纵，疏雨过，风林舞破，烟盖云幢。愿持此邀君，一饮空缸。居士先生老矣！真梦里、相对残釭。歌声断，行人未起，船鼓已逢逢。

——苏轼（有王长官者，弃官黄州三十三年，黄人谓之王先生。因送陈慥来过余，因为赋此）

例　二

山抹微云，天黏衰草，画角声断谯门。暂停征棹，聊共饮离尊。多少蓬莱旧事，空回首、烟霭纷纷。斜阳外，寒鸦万点，流水绕孤村。

销魂！当此际，香囊暗解，罗带轻分。谩赢得青楼，薄幸名存。此去何时见也？襟袖上、空惹啼痕。伤情处，高城望断，灯火已黄昏。

——秦观

例　三

红蓼花繁，黄芦叶乱，夜深玉露初零。霁天空阔，云淡楚江清。独棹孤篷小艇，悠悠过、烟渚沙汀。金钩细，丝纶慢卷，牵动一潭星。

时时横短笛，清风皓月，相与忘形。任人笑生涯，泛梗飘萍。饮罢不妨醉卧，尘劳事、有耳谁听？江风静，日高未起，枕上酒微醒。

——秦观

例　四

风老莺雏，雨肥梅子，午阴嘉树清圆。地卑山近，衣润费炉烟。人静乌鸢自乐，小桥外、新渌溅溅。凭阑久，黄芦苦竹，拟泛九江船。

年年，如社燕，飘流瀚海，来寄修椽。且莫思身外，长近尊前。憔悴江南倦客，不堪听、急管繁弦。歌筵畔，先安簟枕，容我醉时眠。

——周邦彦（夏日溧水无想山作）

水调歌头

唐大曲有《水调歌》，据《隋唐嘉话》，为隋炀帝凿汴河时所作。宋乐入“中吕调”，见《碧鸡漫志》卷四。凡大曲有“歌头”，此殆裁截其首段为之。九十五字，前后片各四平韵。亦有前后片两六言句夹叶仄韵者，有平仄互叶几于句句用韵者，各为举例。

定　格

＋丨丨—丨（句）＋丨丨——（韵）＋—＋丨—＋（句）＋丨丨——（韵）＋丨——＋丨（句）＋丨——＋丨（句）＋丨丨——（韵）＋丨丨—丨（句）＋丨丨——（韵）

＋＋＋（句）＋＋丨（句）丨——（韵）＋—＋丨（句）—＋—丨丨——（韵）＋丨——＋丨（句）＋丨——＋丨（句）＋丨丨——（韵）＋丨＋—丨（句）＋丨丨——（韵）

附注：前片第三、四句，后片第四、五句，可作上六下五，亦可作上四下七。平仄可出入处颇多，须善掌握调配。

例　一

潇洒太湖岸，淡伫洞庭山。鱼龙隐处，烟雾深锁渺弥间。方念陶朱张翰，忽有扁舟急桨，撇浪载鲈还。落日暴风雨，归路绕汀湾。

丈夫志，当景盛，耻疏闲。壮年何事憔悴？华发改朱颜。拟借寒潭垂钓，又恐相猜鸥鸟，不肯傍青纶。刺棹穿芦荻，无语看波澜。

——苏舜钦（沧浪亭）

例　二

明月几时有？把酒问青天。不知天上宫阙，今夕是何年？我欲乘风归去，又恐琼楼玉宇，高处不胜寒。起舞弄清影，何似在人间？

转朱阁，低绮户，照无眠。不应有恨，何事长向别时圆？人有悲欢离合，月有阴晴圆缺，此事古难全。但愿人长久，千里共婵娟。

——苏轼（丙辰中秋，欢饮达旦，
大醉，作此篇，兼怀子由）

附注：“去”与“宇”，“合”与“缺”，夹叶仄韵。

例　三（平仄韵通叶）

南国本潇洒，六代浸豪奢。台城游冶，擘笺能赋属宫娃。云观登临清夏，璧月留连长夜，吟醉送年华。回首飞鸳瓦，却羡井中蛙。

访乌衣，成白社，不容车。旧时王谢，堂前双燕过谁家？楼外河横斗挂，淮上潮平霜下，樯影落寒沙。商女篷窗罅，犹唱后庭花。

——贺铸（台城游）

例　四

带湖吾甚爱，千丈翠奁开。先生杖履无事，一日走千回。凡我同盟鸥鹭，今日既盟之后，来往莫相猜。白鹤在何处？尝试与偕来。

破青萍，排翠藻，立苍苔。窥鱼笑汝痴计，不解举吾杯。废沼荒丘畴昔，明月清风此夜，人世几欢哀？东岸绿阴少，杨柳更须栽。

——辛弃疾（盟鸥）

凤凰台上忆吹箫

《词谱》卷二十五引《列仙传拾遗》："萧史善吹箫，作鸾凤之响。秦穆公有女弄玉，善吹箫，公以妻之，遂教弄玉作凤鸣。居十数年，凤凰来止。公为作凤台，夫妇止其上。数年，弄玉乘凤，萧史乘龙去。"宋词始见《晁氏琴趣外篇》。兹以《漱玉词》为准。九十五字，前片四平韵，后片五平韵。

定　格

—丨——（句）丨——丨（句）丨——丨——（韵）丨丨——丨（句）丨丨——（韵）—丨——丨丨（句）—丨丨（豆）丨

丨——（韵）——丨（句）——丨丨（句）丨丨——（韵）

——（韵）丨—丨丨（句）—丨丨——（句）丨丨——（韵）丨

丨——丨（句）—丨——（韵）—丨———丨（句）—丨丨（豆）—

丨——（韵）——丨（句）——丨—（句）丨丨——（韵）

例

香冷金猊，被翻红浪，起来慵自梳头。任宝奁尘满，日上帘钩。生怕离怀别苦，多少事、欲说还休。新来瘦，非干病酒，不是悲秋。

休休，这回去也，千万遍阳关，也则难留。念武陵人远，烟锁秦楼。惟有楼前流水，应念我、终日凝眸。凝眸处，从今又添，一段新愁。

——李清照

汉宫春

《高丽史·乐志》名《汉宫春慢》。《梦窗词集》入“夹钟商”。各家句豆多有出入，兹以《稼轩长短句》为准。九十六字，前后片各四平韵。

定 格

+丨——（句）丨+—+丨（句）+丨——（韵）+—+丨（句）丨++丨——（韵）——丨丨（句）丨——（豆）+丨——（韵）—丨丨（豆）——+丨（句）+—+丨——（韵）

+丨+——丨（句）丨——丨丨（句）+丨——（韵）——丨—丨丨（句）+丨——（韵）——丨丨（句）丨——（豆）+丨——（韵）—丨丨（豆）——+丨（句）+—+丨——（韵）

例

春已归来，看美人头上，袅袅春幡。无端风雨，未肯收尽余寒。年时燕子，料今宵、梦到西园。浑未办、黄柑荐酒，更传青韭堆盘。

却笑东风从此，便薰梅染柳，更没些闲。闲时又来镜里，转变朱颜。清愁不断，问何人、会解连环？生怕见、花开花落，朝来塞雁先还。

——辛弃疾（立春日）

八声甘州

简称《甘州》。唐边塞曲。据王灼《碧鸡漫志》卷三："《甘州》世不见，今'仙吕调'有曲破，有八声慢，有令，而'中吕调'有《象八声甘州》，他宫调不见也。凡大曲就本宫调制引、序、慢、近、令，盖度曲者常态。若《象八声甘州》，即是用其法于'中吕调'。"今所传《八声甘州》，《乐章集》入"仙吕调"。因全词共八韵，故称"八声"。九十七字，前后片各四平韵。亦有首句增一韵者。

定　格

丨＋－丨丨丨－－（句）＋＋丨－－（韵）丨－－＋丨（句）＋－＋丨（句）＋丨－－（韵）＋丨－－＋丨（句）＋丨丨－－（韵）＋丨－－丨（句）＋丨－－（韵）

＋丨＋－＋丨（句）丨＋－＋丨（句）＋丨－－（韵）丨－－＋丨（句）＋丨丨－－（韵）丨－－（豆）＋－－丨（句）丨＋－（豆）＋丨丨－－（韵）－－丨（豆）丨－－丨（句）＋丨－－（韵）

附注：结尾倒数第二句是特殊句法，中间两字多相连属。又诸领格字如柳词"对""渐""叹"等并宜用去声。前片第一、二句亦有作上五、下八者，亦有首句不用领格字，于第三字豆，结尾倒数第二句不用特殊句法者。

例　一

对潇潇暮雨洒江天，一番洗清秋。渐霜风凄紧，关河冷落，残照当楼。是处红衰翠减，苒苒物华休。惟有长江水，无语东流。

不忍登高临远，望故乡渺邈，归思难收。叹年来踪迹，何事苦淹留？想佳人、妆楼颙望，误几回、天际识归舟。争知我、倚阑干处，正恁凝愁！

——柳永

例　二（首句不用领格字）

有情风万里卷潮来，无情送潮归。问钱塘江上，西兴浦口，几度斜晖？不用思量今古，俯仰昔人非。谁似东坡老，白首忘机？

记取西湖西畔，正春山好处，空翠烟霏。算诗人相得，如我与君稀。约他年、东还海道，愿谢公、雅志莫相违。西州路，不应回首，为我沾衣。

——苏轼（寄参寥子）

例　三（开端上五、下八）

渺空烟四远，是何年青天坠长星？幻苍崖云树，名娃金屋，残霸宫城。箭径酸风射眼，腻水染花腥。时靸双鸳响，廊叶秋声。

宫里吴王沉醉，倩五湖倦客，独钓醒醒。问苍天无语，华发奈山青。水涵空、阑干高处，送乱鸦斜日落渔汀。连呼酒，上琴台去，秋与云平。

——吴文英（灵岩陪庾幕诸公游）

例　四（首句用韵）

记玉关踏雪事清游，寒气脆貂裘。傍枯林古道，长河饮马，此意悠悠。短梦依然江表，老泪洒西州。一字无题处，落叶都愁。

载取白云归去，问谁留楚佩，弄影中洲？折芦花赠远，零落一身秋。向寻常、野桥流水，待招来、不是旧沙鸥。空怀感，有斜阳处，却怕登楼。

——张炎（辛卯岁，沈尧道同余北归，
各处杭、越。逾岁，尧道来问寂寞，
语笑数日，又复别去。赋此曲，并寄赵学舟）

扬州慢

此姜夔自度曲，入“中吕宫”。其序云：“淳熙丙申至日，予过维扬。夜雪初霁，荠麦弥望。入其城，则四顾萧条，寒水自碧，暮色渐起，戍角悲吟。予怀怆然，感慨今昔，因自度此曲。千岩老人以为有《黍离》之悲也。”九十八字，前后片各四平韵，前片第四、五句及后片第三句皆由上一、下四句法。

定 格

—｜——（句）｜——｜（句）｜—｜｜——（韵）｜——｜｜（句）｜｜｜——（韵）｜—｜（豆）——｜｜（句）｜——｜（句）—｜——（韵）｜——（豆）—｜——（句）—｜——（韵）

｜—｜｜（句）｜——（豆）—｜——（韵）｜｜｜——（句）——｜｜（句）—｜——（韵）｜｜｜——｜（句）——｜（豆）｜｜——（韵）｜——（豆）—｜——（句）—｜——（韵）

例

淮左名都，竹西佳处，解鞍少驻初程。过春风十里，尽荠麦青青。自胡马、窥江去后，废池乔木，犹厌言兵。渐黄昏，清角吹寒，都在空城。

杜郎俊赏，算而今、重到须惊。纵豆蔻词工，青楼梦好，难赋深情。二十四桥仍在，波心荡、冷月无声。念桥边、红药年年，知为谁生？

——姜夔

高阳台

又名《庆春泽》。一百字，前后片各四平韵，亦有于两结三字豆处增叶一韵者。

定　格

＋丨——（句）——丨丨（句）＋—＋丨——（韵）＋丨——（句）＋—＋丨——（韵）＋—＋丨——丨（句）丨＋—（豆）＋丨——（韵）丨——（豆）＋丨——（句）＋丨——（韵）

——丨丨——丨（句）丨——＋丨（句）＋丨——（韵）＋丨——（句）＋—＋丨——（韵）＋—＋丨——丨（句）丨＋—（豆）＋丨——（韵）丨——（豆）＋丨——（句）＋

丨——（韵）

例

接叶巢莺，平波卷絮，断桥斜日归船。能几番游？看花又是明年。东风且伴蔷薇住，到蔷薇、春已堪怜。更凄然、万绿西泠，一抹荒烟。

当年燕子知何处？但苔深韦曲，草暗斜川。见说新愁，如今也到鸥边。无心再续笙歌梦，掩重门、浅醉闲眠。莫开帘、怕见飞花，怕听啼鹃。

——张炎（西湖春感）

锦堂春慢

始见《青箱杂记》所载司马光作。一百一字，前后片各四平韵。

定　格

—丨——（句）——丨丨（句）——丨丨——（韵）丨丨——（句）—丨丨丨——（韵）丨丨丨——丨（句）丨丨—丨——（韵）丨丨—丨丨（句）丨丨——（句）—丨——（韵）

｜————｜（句）｜——｜｜（句）｜｜——（韵）—｜———｜（句）｜｜——（韵）｜｜——｜｜（句）｜｜｜（豆）—｜——（韵）｜｜——｜｜（句）—｜——（句）｜｜——（韵）

例

红日迟迟，虚廊影转，槐阴迤逦西斜。彩笔工夫，难状晚景烟霞。蝶尚不知春去，漫绕幽砌寻花。奈猛风过后，纵有残红，飞向谁家？

始知青春无价，叹飘零宦路，荏苒年华。今日笙歌丛里，特地咨嗟。席上青衫湿透，算感旧、何止琵琶！怎不教人易老？多少离愁，散在天涯！

——司马光

寿楼春

始见史达祖《梅溪词》，题为“寻春服感念”，殆是悼亡之作。一百一字，前后片各六平韵。中多拗句，尤多连用平声之句，声情低抑，全作凄音。有用以填寿词者，大误。

定 格

——————（韵）|——||（句）—|——（韵）|
|———|（句）|———（韵）—||（句）———（韵）|
|—（豆）————（韵）|||——（句）——||（句）—|
|——（韵）

——|（句）———（韵）|——||（句）—|——（韵）
||———|（句）|———（韵）—||（句）———（韵）|
|—（豆）————（韵）|—|——（句）——||—|—（韵）

例

裁春衫寻芳。记金刀素手，同在晴窗。几度因风残絮，照花斜阳。谁念我，今无裳？自少年、消磨疏狂。但听雨挑灯，攲床病酒，多梦睡时妆。

飞花去，良宵长。有丝阑旧曲，金谱新腔。最恨湘云人散，楚兰魂伤。身是客，愁为乡。算玉箫、犹逢韦郎。近寒食人家，相思未忘蘋藻香。

——史达祖

忆旧游

《清真集》入“越调”。一百二字，前片四平韵，后片五平韵。过片二字亦可不叶。

定　格

丨——丨丨（句）丨丨——（句）—丨——（韵）丨丨——丨（句）丨——丨丨（句）丨丨——（韵）丨—丨丨—丨（句）—丨丨——（韵）丨丨丨——（句）——丨丨（句）丨丨——（韵）

——（韵）丨—丨（句）丨丨丨——（句）—丨——（韵）丨丨——丨（句）丨———丨（句）—丨——（韵）丨—丨丨—丨（句）—丨丨——（韵）丨丨丨——（句）——丨丨—丨—（韵）

附注：此调有六领格字，如周词“记”“听”“渐”“道”“叹”“但”，并宜用去声。亦有开端不用领格字，改上一、下四句法为上二、下三，改二、三句为八言一句，过片二字减去一韵者，如例二所举吴文英词是。有前片第四句改五言为上三、下四的七言句式，而将第五句之领格字减去，又于过片五字改作“丨——丨丨”的上一、下四句式，并于结尾倒数第二句增叶一韵者，如例三所举刘将孙词是。

例　一

记愁横浅黛，泪洗红铅，门掩秋宵。坠叶惊离思，听寒蛩夜泣，乱雨萧萧。凤钗半脱云鬓，窗影烛花摇。渐暗竹敲凉，疏萤照晓，两地魂销。

迢迢，问音信，道径底花阴，时认鸣镳。也拟临朱户，叹因郎憔悴，羞见郎招。旧巢更有新燕，杨柳拂河桥。但满眼京尘，东风竟日吹露桃。

——周邦彦

例　二（变格一）

送人犹未苦，苦送春随人去天涯。片红都飞尽，正阴阴润绿，暗里啼鸦。赋情顿雪双鬓，飞梦逐尘沙。叹病渴凄凉，分香瘦减，两地看花。

西湖断桥路，想系马垂杨，依旧欹斜。葵麦迷烟处，问离巢孤燕，飞过谁家？故人为写深怨，空壁扫秋蛇。但醉上吴台，残阳草色归思赊。

——吴文英（别黄澹翁）

例　三（变格二）

正落花时节，憔悴东风，绿满愁痕。悄客梦、惊呼伴侣，断鸿有约，回泊归云。江空共道惆怅，夜雨隔篷闻。尽世外纵横，人间恩怨，细酌重论。

叹他乡异县，渺旧雨新知，历落情真。匆匆那忍别？料当君思我，我亦思君。人生自非麋鹿，无计久同群。此去重销魂，黄昏细雨人闭门。

——刘将孙

夜飞鹊

始见《清真集》，入“道宫”。《梦窗词》集入“黄钟商”。一百七字，前片五平韵，后片四平韵。

定 格

——|—|（句）—|——（韵）—|||——（韵）——||—|（句）+——|——（韵）——|—|（句）|———|（句）||——（韵）——||（句）|——（豆）+|——（韵）

—||——|（句）—||——（句）—|——（韵）—|———|（句）——||（句）—|——（韵）|—||（句）|——（豆）||——（韵）|———|（句）——||（句）+|——（韵）

附注：调内领格字如周词“探”“但”两字，并宜去声。

例

河桥送人处，良夜何其？斜月远堕余辉。铜盘烛泪已流尽，霏霏凉露沾衣。相将散离会，探风前津鼓，树杪参旗。花骢会意，纵扬鞭、亦自行迟。

迢递路回清野，人语渐无闻，空带愁归。何意重经前地，遗钿不见，斜径都迷。兔葵燕麦，向残阳、影与人齐。但徘徊班草，欷歔酹酒，极望天西。

——周邦彦（别情）

望海潮

始见《乐章集》，入“仙吕调”。一百七字，前片五平韵，后片六平韵。亦有于过片二字增一韵者。

定 格

—— —｜（句）— —＋｜（句）— —｜｜— —（韵）—｜
｜—（句）— —｜｜（句）— —｜｜— —（韵）—｜｜— —（韵）
｜—｜—｜（句）—｜— —（韵）｜｜— —（句）｜— —｜

丨——（韵）

——丨丨——（韵）丨——丨丨（句）＋丨——（韵）—丨丨—（句）——丨丨（句）——丨丨——（韵）—丨丨——（韵）丨丨—＋丨（句）—丨——（韵）＋丨——丨丨（句）—丨丨——（韵）

附注：前片第八句有作“丨丨—丨丨”为上一下四句式，后片结尾作“—丨——（句）丨——丨丨——（韵）”者。亦有前片第四句作“——丨丨（句）”，后片首二字增一韵者。

例　一

东南形胜，三吴都会，钱塘自古繁华。烟柳画桥，风帘翠幕，参差十万人家。云树绕堤沙。怒涛卷霜雪，天堑无涯。市列珠玑，户盈罗绮竞豪奢。

重湖叠巘清嘉。有三秋桂子，十里荷花。羌管弄晴，菱歌泛夜，嬉嬉钓叟莲娃。千骑拥高牙。乘醉听箫鼓，吟赏烟霞。异日图将好景，归去凤池夸。

——柳永

例　二

梅英疏淡，冰澌溶泄，东风暗换年华。金谷俊游，铜驼巷陌，新晴细履平沙。长记误随车。正絮翻蝶舞，芳思交加。柳下桃蹊，乱分春色到人家。

西园夜饮鸣笳。有华灯碍月，飞盖妨花。兰苑未空，行人渐老，重来是事堪嗟。烟暝酒旗斜。但倚楼极目，时见栖鸦。无奈归心，暗随流水到天涯。

——秦观

例　三

梅天雨歇，柳堤风定，江浮画鹢纵横。瀛女弄箫，冯夷伐鼓，云间凤咽鼍鸣。波面走长鲸。卷怒涛来往，搅碎沧溟。两岸游人笑语，罗绮间簪缨。

灵均逝魄无凭。但湘沅一水，到底澄清。菰黍万家，丝桐五彩，年年吊古深情。锦帜片霞明。使操舟妙手，翻动心旌。向晚鱼龙戏罢，千里浪花平。

——黄岩叟

沁园春

又名《寿星明》。格局开张，宜抒壮阔豪迈情感。苏、辛一派最喜用之。一百十四字，前片四平韵，后片五平韵，亦有于过片处增一暗韵者。

定　格

＋丨——（句）丨丨——（句）丨丨丨—（韵）丨＋—＋丨（句）＋—＋丨（句）＋—＋丨（句）＋丨——（韵）＋丨——（句）＋—＋丨（句）＋丨——＋丨—（韵）——丨（句）丨＋—＋丨（句）＋丨——（韵）

——＋丨——（韵）丨＋丨——＋丨—（韵）丨＋—＋丨（句）＋—＋丨（句）＋—＋丨（句）＋丨——（韵）＋丨——（句）＋—＋丨（句）＋丨——＋丨—（韵）——丨（句）丨＋—＋丨（句）＋丨——（韵）

附注：前片第四句与后片第三句皆以一字领下四言四句，前后片结尾并以一字领下四言二句，宜用去声字。

例　一

孤鹤归飞，再过辽天，换尽旧人。念累累枯冢，茫茫梦境，王侯蝼蚁，毕竟成尘。载酒园林，寻花巷陌，当日何曾轻负春。流年改，叹围腰带剩，点鬓霜新。

交亲零落如云，又岂料如今余此身。幸眼明身健，茶甘饭软，非惟我老，更有人贫。躲尽危机，消残壮志，短艇湖中闲采莼。吾何恨，有渔翁共醉，溪友为邻。

——陆游

附注：过片“亲”字是暗韵。

例　二

叠嶂西驰，万马回旋，众山欲东。正惊湍直下，跳珠倒溅；小桥横截，缺月初弓。老合投闲，天教多事，检校长身十万松。吾庐小，在龙蛇影外，风雨声中。

争先见面重重，看爽气朝来三数峰。似谢家子弟，衣冠磊落；相如庭户，车骑雍容。我觉其间，雄深雅健，如对文章太史公。新堤路，问偃湖何日，烟水濛濛？

——辛弃疾（灵山齐庵赋。时筑偃湖未成）

例　三（变格）

斗酒彘肩，风雨渡江，岂不快哉！被香山居士，约林和靖，与坡仙老，驾勒吾回。坡谓西湖，正如西子，浓抹淡妆临照台。二公者，皆掉头不顾，只管传杯。

白言天竺去来，图画里峥嵘楼阁开。爱纵横二涧，东西水绕；两峰南北，高下云堆。逋曰不然，暗香浮动，不若孤山先访梅。须晴去，访稼轩未晚，且此徘徊。

——刘过（寄辛承旨。时承旨招，不赴）

例　四

何处相逢？登宝钗楼，访铜雀台。唤厨人斫就，东溟鲸脍；圉人呈罢，西极龙媒。天下英雄，使君与操，余子谁堪共酒杯？车千两，载燕南赵北，剑客奇才。

饮酣画鼓如雷，谁信被晨鸡轻唤回？叹年光过尽，功名未立；书生老去，机会方来。使李将军，遇高皇帝，万户侯何足道哉！披衣起，但凄凉感旧，慷慨生哀。

——刘克庄（梦孚若）

多　丽

又名《绿头鸭》。一百三十九字，前片六平韵，后片五平韵。亦有于首句起韵者。变格改用入声韵。

定　格

｜——（句）＋—＋｜——（韵）｜——（豆）——｜｜（句）＋＋＋｜——（韵）｜——（豆）＋—＋｜（句）＋＋｜（豆）＋｜——（韵）＋｜——（句）——｜｜（句）｜——｜｜——（韵）｜＋｜（豆）＋——｜（句）＋｜｜——（韵）——｜（豆）＋—＋｜（句）＋｜——（韵）

丨——（豆）——丨丨（句）丨+—丨——（韵）丨——（豆）丨—丨丨（句）+++（豆）—丨——（韵）+丨——（句）+—丨丨（句）+——丨丨——（韵）丨+丨（豆）+—+丨（句）—丨丨——（韵）——丨（豆）+—+丨（句）+丨——（韵）

例　一

晚云收，淡天一片琉璃。烂银盘、来从海底，皓色千里澄辉。莹无尘、素娥澹伫，静可数、丹桂参差。玉露初零，金风未凛，一年无似此佳时。露坐久、疏萤时度，乌鹊正南飞。瑶台冷，阑干凭暖，欲下迟迟。

念佳人、音尘隔后，对此应解相思。最关情、漏声正永，暗断肠、花影潜移。料得来宵，清光未减，阴晴天气又争知？共凝恋、如今别后，还是隔年期。人强健，清尊素影，长愿相随。

——晁端礼

变　格（入声韵）

丨——（句）丨丨———丨（韵）丨——（豆）丨—丨丨（句）丨——丨丨丨（韵）丨——（豆）丨—丨丨（句）丨——（豆）丨丨—丨（韵）丨丨——（句）———丨（句）丨——丨丨—丨（韵）

丨一丨（豆）丨一一丨（句）一丨丨一丨（韵）一一丨（豆）一一丨丨（句）丨丨一丨（韵）

丨一丨一一丨丨（句）丨一一丨一丨（韵）丨一一（豆）丨一一丨（句）丨丨一一丨一丨（韵）丨丨一一（句）一一一丨（句）一一一丨丨一丨（韵）丨一丨（豆）丨一一丨（句）一丨丨一丨（韵）一一丨（豆）一丨丨一（句）丨丨一丨（韵）

例　二

想人生，美景良辰堪惜。向其间、赏心乐事，古来难是并得。况东城、凤台沁苑，泛清波、浅照金碧。露洗华桐，烟霏丝柳，绿阴摇曳荡春色。画堂迥、玉簪琼佩，高会尽词客。清歌久、重然绛蜡，别就瑶席。

有翩若惊鸿体态，暮为行雨标格。逞朱唇、缓歌妖丽，似听流莺乱花隔。慢舞萦回，娇鬟低弹，腰肢纤细困无力。忍分散、彩云归后，何处更寻觅？休辞醉、明月好花，莫漫轻掷。

——聂冠卿（李良定公席上赋）

六州歌头

程大昌《演繁露》："《六州歌头》，本鼓吹曲也。近世好事者倚其声为吊古词，音调悲壮，又以古兴亡事实文之。闻其歌，使人慷慨，良不与艳词同科，诚可喜也。"一百四十三字，前后片各八平韵。又有于平韵外兼叶仄韵者，或同部平仄互叶，或平韵同部、仄韵随时变换，并能增强激壮声情，有繁弦急管、五音繁会之妙。要以平韵为主，仄韵为副，务使"玄黄律吕，各适物宜"耳。兹列三式，各为举例。

格　一（平韵）

——＋｜（句）＋｜｜——（韵）—＋｜（句）——｜（句）｜——（韵）｜——（韵）＋｜＋—｜（句）＋—｜（句）—＋｜（句）＋＋｜（句）—＋｜（句）｜——（韵）＋｜＋—（句）＋｜——｜（句）＋｜——（韵）｜＋—＋｜（句）＋｜｜——（韵）＋｜——（韵）｜——（韵）

｜——｜（句）＋—｜（句）—＋｜（句）｜——（韵）＋＋｜（句）—＋｜（句）｜——（韵）｜——（韵）＋｜——｜（句）＋＋｜（句）｜——（韵）—＋｜（句）—＋｜（句）｜——（韵）＋｜＋—＋｜（句）＋—｜（豆）＋｜——（韵）｜＋—＋｜（句）＋｜

二仄）——丨（叶二仄）—丨丨（叶二仄）——丨（叶二仄）丨——（叶平）丨丨——（句）丨丨——丨（句）丨丨——（叶平）丨———丨（句）丨丨丨——（叶平）丨丨——（叶平）丨——（叶平）

丨—丨丨（三换仄）——丨（叶三仄）——丨（叶三仄）丨——（叶平）—丨丨（四换仄）——丨（叶四仄）丨——（叶平）丨——（叶平）丨丨——丨（句）——丨（句）丨——（叶平）—丨丨（五换仄）——丨（叶五仄）丨——（叶平）—丨——（句）丨丨——丨（句）—丨——（叶平）丨——丨丨（句）丨丨丨——（叶平）丨丨——（叶平）

附注：格二、格三所有可平可仄处，与格一同。

例　三

东风着意，先上小桃枝。红粉腻，娇如醉，倚朱扉。记年时，隐映新妆面，临水岸，春将半，云日暖，斜桥转，夹城西。草软莎平，跋马垂杨渡，玉勒争嘶。认蛾眉凝笑，脸薄拂胭脂。绣户曾窥，恨依依。

共携手处，香如雾，红随步，怨春迟。销瘦损，凭谁问？只花知，泪空垂。旧日堂前燕，和烟雨，又双飞。人自老，春长好，梦佳期。前度刘郎，几许风流地，花也应悲。但茫茫暮霭，目断武陵溪，往事难追。

——韩元吉（桃花）

第二类　仄韵格

如梦令

又名《忆仙姿》《宴桃源》。五代时后唐庄宗（李存勖）创作。《清真集》入“中吕调”。三十三字，五仄韵，一叠韵。

定　格

＋丨＋——丨（韵）＋丨＋——丨（韵）＋丨丨——（句）＋丨丨——丨（韵）—丨（韵）—丨（叠）＋丨丨——丨（韵）

例　一

曾宴桃源深洞，一曲舞鸾歌凤。长记别伊时，和泪出门相送。如梦，如梦，残月落花烟重。

——李存勖

例　二

遥夜沉沉如水，风紧驿亭深闭。梦破鼠窥灯，霜送晓寒侵被。无寐，无寐，门外马嘶人起。

——秦观

例　三

昨夜雨疏风骤，浓睡不消残酒。试问卷帘人，却道海棠依旧。知否？知否？应是绿肥红瘦。

——李清照

归自谣

一作《归国谣》，《词谱》引《乐府雅词》入“道调宫”。三十四字，前后片各三仄韵。

定　格

—丨丨（韵）＋丨＋——丨丨（韵）＋—＋丨——丨（韵）

——＋丨—＋丨（韵）——丨（韵）＋—＋丨——丨（韵）

例

何处笛？深夜梦回情脉脉。竹风檐雨寒窗滴。
离人数岁无消息。今头白，不眠特地重相忆。

——冯延巳

天仙子

唐教坊舞曲。段安节《乐府杂录》：“龟兹部，《万斯年》曲，是朱崖李太尉（德裕）进。此曲名即《天仙子》是也。”《金奁集》入“歇指调”，所收为韦庄作五首，皆平韵或仄韵转平韵体。《花间集》所收皇甫松二首，则皆仄韵单调小令，三十四字，五仄韵。《张子野词》兼入“中吕”“仙吕”两调，并重叠一片为之。

格　一

＋｜＋——｜｜（韵）｜——｜——｜（韵）——＋｜｜——（句）—｜｜（韵）｜—｜（韵）｜｜＋——｜｜（韵）

例　一

晴野鹭鸶飞一只，水荭花发秋江碧。刘郎此日别天仙，登绮席，泪珠滴，十二晚峰高历历。

——皇甫松

格　二

＋｜｜——｜｜（韵）＋｜｜——｜｜（韵）＋——｜
｜——（句）—｜｜（韵）——｜（韵）＋｜｜——｜｜（韵）
＋｜｜——｜｜（韵）＋｜｜——｜｜（韵）＋——｜
｜——（句）—｜｜（韵）——｜（韵）＋｜｜——｜｜（韵）

例　二

水调数声持酒听，午醉醒来愁未醒。送春春去几时回？临晚镜，伤流景，往事后期空记省。

沙上并禽池上暝，云破月来花弄影。重重帘幕密遮灯，风不定，人初静，明日落红应满径。

——张先（时为嘉禾小倅，以病眠，不赴府会）

生查子

唐教坊曲。《词谱》引《尊前集》入“双调”。四十字，上下片各两仄韵。各家平仄颇多出入，与作仄韵五言绝句诗相仿。多抒怨抑之情。

格　一

＋丨丨——（句）＋丨——丨（韵）＋丨丨——（句）＋丨——丨（韵）

＋丨丨——（句）＋丨——丨（韵）＋丨丨——（句）＋丨——丨（韵）

例　一

坠雨已辞云，流水难归浦。遗恨几时休？心抵秋莲苦。忍泪不能歌，试托哀弦语。弦语愿相逢，知有相逢否？

——晏几道

格　二

＋—＋丨—（句）＋丨——丨（韵）＋丨丨——（句）＋丨——丨（韵）

＋—＋丨—（句）＋丨——丨（韵）＋丨丨——（句）＋丨——丨（韵）

例　二

西津海鹘舟，径度沧江雨。双舻本无情，鸦轧如人语。
挥金陌上郎，化石山头妇。何物系君心？三岁扶床女。

——贺铸

例　三

去年元夜时，花市灯如昼。月上柳梢头，人约黄昏后。
今年元夜时，月与灯依旧。不见去年人，泪湿春衫袖。

——朱淑真（一作欧阳修）

格　三

｜｜｜——（句）｜｜——｜（韵）——｜｜—（句）｜｜——｜（韵）

｜｜｜——（句）—｜——｜（韵）—｜｜——（句）——｜—｜（韵）

例　四

侍女动妆奁，故故惊人睡。那知本未眠，背面偷垂泪。
懒卸凤凰钗，羞入鸳鸯被。时复见残灯，和烟坠金穗。

——韩偓

醉花间

唐教坊曲。《词谱》引《宋史·乐志》入“双调”。四十一字，前片三仄韵，一叠韵，后片三仄韵。

定格

——｜（韵）｜—｜（叠）—｜——｜（韵）—｜｜——（句）｜｜——｜（韵）

———｜｜（韵）｜｜——｜（韵）——｜｜—（句）—｜——｜（韵）

例

深相忆，莫相忆，相忆情无极。银汉是红墙，一带遥相隔。

金盘珠露滴，两岸榆花白。风摇玉佩清，今夕为何夕？

——毛文锡

点绛唇

《清真集》入“仙吕调”，元北曲同，但平仄句式略异，今京剧中犹常用之。四十一字，前片三仄韵，后片四仄韵。

定　格

＋丨——（句）＋—＋丨——丨（韵）丨——丨（韵）＋丨——丨（韵）

＋丨——（句）＋丨——丨（韵）—＋丨（韵）丨——丨（韵）＋丨——丨（韵）

附注：上片第八字，有增一韵者，如第三例。

例　一

荫绿围红，梦琼家在桃源住。画桥当路，临水开朱户。

柳径春深，行到关情处。颦不语，意凭风絮，吹向郎边去。

——冯延巳

例　二

台上披襟，快风一瞬收残暑。柳丝轻举，蛛网黏飞絮。

极目平芜，应是春归处。愁凝伫，楚歌声苦，村落黄昏鼓。

——周邦彦

例　三

不用悲秋，今年身健（韵）还高宴。江村海甸，总作空花观。

尚想横汾，兰菊纷相半。楼船远，白云飞乱，空有年年雁。

——苏轼（庚午重九）

霜天晓角

又名《月当窗》。各家颇不一致，兹以《稼轩长短句》为准。四十三字，前后片各三仄韵。别有平韵格，附著于后。

定　格

＋－＋丨（韵）＋丨－－丨（韵）－丨丨－－丨（句）＋＋丨（豆）－－丨（韵）

＋－－丨丨（韵）＋－－丨丨（韵）－丨丨－－丨（句）＋＋丨（豆）－－丨（韵）

例　一

吴头楚尾，一棹人千里。休说旧愁新恨，长亭树、今如此！

宦游吾倦矣，玉人留我醉。明日落花寒食，得且住、为佳耳。

——辛弃疾（旅兴）

变　格（平韵格）

—｜——（韵）｜——｜—（韵）｜｜——｜｜（句）—｜｜（豆）｜——（韵）

——（韵）—｜—（韵）｜——｜—（韵）｜｜｜——｜（句）—｜｜（豆）｜——（韵）

例　二

人影窗纱，是谁来折花？折则从他折去，知折去、向谁家？

檐牙，枝最佳，折时高折些。说与折花人道：须插向、鬓边斜。

——蒋捷

伤春怨

据吴曾《能改斋漫录》卷十六，此为王安石梦中作。四十三字，前后片各三仄韵。

定 格

丨丨——丨（韵）丨丨———丨（韵）丨丨丨——（句）丨丨———丨（韵）

丨———丨（韵）丨丨——丨（韵）丨丨丨——（句）丨丨丨（豆）——丨（韵）

例

雨打江南树，一夜花开无数。绿叶渐成阴，下有游人归路。

与君相逢处，不道春将暮。把酒祝东风，且莫恁、匆匆去。

——王安石

卜算子

北宋时盛行此曲。万树《词律》以为取义于“卖卜算命之人”。双调，四十四字，上下片各两仄韵。两结亦可酌增衬字，化五言为六言句，于第三字豆。宋教坊复演为慢曲，《乐章集》入“歇指调”。八十九字，前片四仄韵，后片五仄韵。

格　一

＋｜｜——（句）＋｜——｜（韵）＋｜——｜｜—（句）＋｜——｜（韵）

＋｜｜——（句）＋｜——｜（韵）＋｜——｜｜—（句）＋｜——｜（韵）

例　一

缺月挂疏桐，漏断人初静。谁见幽人独往来？缥缈孤鸿影。

惊起却回头，有恨无人省。拣尽寒枝不肯栖，寂寞沙洲冷。

——苏轼（黄州定慧院寓居作）

例　二（加衬字）

我住长江头，君住长江尾。日日思君不见君，共饮长江水。

此水几时休？此恨何时已？只愿君心似我心，定不负、相思意。

——李之仪

格　二（卜算子慢）

——｜｜（句）—｜｜—（句）｜｜｜——｜（韵）｜｜——（句）｜｜｜——｜（韵）｜——（豆）｜｜——｜（韵）｜｜（豆）——｜｜（句）——｜｜—｜（韵）

｜｜——｜（韵）｜｜｜——（句）｜——｜（韵）｜｜——（句）｜｜｜—｜｜（韵）｜——（豆）—｜——｜（韵）｜｜（豆）——｜｜（句）｜———｜（韵）

附注：过片第六字领下四言两偶句，结尾是上一下四句法，第一字定要去声，与领格字同。

例　三（慢）

江枫渐老，汀蕙半凋，满目败红衰翠。梦客登临，正是暮秋天气。引疏砧、断续残阳里。对晚景、伤怀念远，新愁旧恨相继。

脉脉人千里。念两处风情，万重烟水。雨歇天高，望断翠峰十二。尽无言、谁会凭高意？纵写得、离肠万种，奈归云谁寄？

——柳永

谒金门

唐教坊曲。《金奁集》入“双调”。四十五字，前后片各四仄韵。

定 格

－＋丨（韵）－丨丨－－丨（韵）＋丨＋－－丨丨（韵）丨－－丨丨（韵）

＋丨＋－＋丨（韵）＋丨＋－－丨（韵）＋丨＋－－丨丨（韵）丨－－丨丨（韵）

例 一

空相忆，无计得传消息。天上嫦娥人不识，寄书何处觅？

新睡觉来无力，不忍看君书迹。满院落花春寂寂，断肠芳草碧。

——韦庄

例　二

风乍起，吹皱一池春水。闲引鸳鸯香径里，手挼红杏蕊。

斗鸭阑干独倚，碧玉搔头斜坠。终日望君君不至，举头闻鹊喜。

——冯延巳

好事近

又名《钓船笛》，《张子野词》入“仙吕宫”。四十五字，前后片各两仄韵，以入声韵为宜。两结皆上一、下四句法。

定　格

＋｜｜——（句）＋｜｜——｜（韵）＋｜｜——｜（句）｜＋——｜（韵）

＋—＋｜｜——（句）＋＋｜—｜（韵）＋｜｜——｜（句）｜＋——｜（韵）

例　一

江上探春回，正值早梅时节。两行（去声）小槽双凤，按凉州初彻。

谢娘扶下绣鞍来，红靴踏残雪。归去不须银烛，有山头明月。

——郑獬

例　二

春路雨添花，花动一山春色。行到小溪深处，有黄鹂千百。

飞云当面化龙蛇，夭矫转空碧。醉卧古藤阴下，了不知南北。

——秦观（梦中作）

忆少年

又名《十二时》。四十六字，前片两仄韵，后片三仄韵，亦以入声部为宜。两结皆上一、下四句法。亦有于过片处增一领格字者。

定 格

——＋｜（句）——｜｜（句）———｜（韵）——｜＋｜（句）｜———｜（韵）

｜｜———｜｜（韵）｜——（豆）｜——｜（韵）——｜—｜（句）｜——＋｜（韵）

例 一

无穷官柳，无情画舸，无根行客。南山尚相送，只高城人隔。

罨画园林溪绀碧，算重来、尽成陈迹。刘郎鬓如此，况桃花颜色！

——晁补之（别历下）

例 二

年时酒伴，年时去处，年时春色。清明又近也，却天涯为客。

念过眼光阴难再得，想前欢、尽成陈迹。登临恨如此，把阑干暗拍。

——曹组

忆秦娥

又名《秦楼月》。始见黄升《唐宋诸贤绝妙词选》，题李白作。四十六字，前后片各三仄韵，一叠韵，亦以入声部为宜。又有改用平韵者，附见于后。

定 格

－＋丨（韵）＋－＋丨－－丨（韵）－－丨（叠）＋－＋丨（句）丨－－丨（韵）

＋－＋丨－－丨（韵）＋－＋丨－－丨（韵）－－丨（叠）＋－＋丨（句）丨－－丨（韵）

例 一

箫声咽，秦娥梦断秦楼月。秦楼月，年年柳色，灞陵伤别。

乐游原上清秋节，咸阳古道音尘绝。音尘绝，西风残照，汉家陵阙。

——李白

变　格（平韵）

＋－－（韵）＋－＋｜－－－（韵）－－－（叠）＋－＋｜（句）｜｜－－（韵）

｜－－｜－－－（韵）＋－＋｜－－－（韵）－－－（叠）＋－＋｜（句）｜｜－－（韵）

例　二（平韵格）

晓朦胧，前溪百鸟啼匆匆。啼匆匆，凌波人去，拜月楼空。

去年今日东门东，鲜妆辉映桃花红。桃花红，吹开吹落，一任东风。

——贺铸

烛影摇红

《能改斋漫录》卷十六：“王都尉（诜）有忆故人词，徽宗喜其词意，犹以不丰容宛转为恨，遂令大晟（徽宗所置音乐研究创作机关）别撰腔，周美成（邦彦）增损其词，而以首句为名，谓之《烛影摇红》云。”王词原为小令，或名《忆故人》。五十字，前片两仄韵，后片三仄韵。周作演为慢曲，《梦窗词集》入“大石调”。九十六字，前后片各五仄韵。

格 一

丨丨——（句）丨丨—（句）丨丨—（豆）——丨（韵）———丨丨——（句）—丨——丨（韵）

—丨——丨丨（韵）丨——（豆）——丨丨（韵）丨——丨（句）丨丨——（句）———丨（韵）

例 一

烛影摇红，向夜阑，乍酒醒、心情懒。尊前谁为唱阳关？离恨天涯远。

无奈云沉雨散，凭阑干、东风泪眼。海棠开后，燕子来时，黄昏庭院。

——王诜

格 二

—丨——（句）丨—丨丨——丨（韵）———丨丨——（句）—丨——丨（韵）丨丨——丨丨（韵）

┃——（豆）——┃┃（韵）┃——┃（句）┃┃——（句）——┃┃（韵）

┃┃——（句）┃—┃┃——┃（韵）———┃┃——（句）—┃——┃（韵）—┃——┃┃（韵）

┃——（豆）——┃┃（韵）┃——┃（句）┃┃——（句）———┃（韵）

例　二

芳脸轻匀（原作“匀红”），黛眉巧画宫妆浅。风流天付与精神，全在娇波转（原作“秋波转”）。早是萦心可惯，向尊前、频频顾盼。几回相见，见了还休，争如不见。

烛影摇红，夜阑饮散春宵短。当时谁会唱阳关？离恨天涯远。争奈云收雨散。凭阑干、东风泪眼（原作“满”。以上并依《词谱》改）。海棠开后，燕子来时，黄昏庭院。

——周邦彦

醉花阴

小令，五十二字，前后片各三仄韵。兹以《漱玉词》为准。

定　格

＋｜＋——｜｜（韵）＋｜——｜（韵）＋｜｜——（句）＋｜——（句）＋｜——｜（韵）

＋—＋｜——｜（韵）｜｜——｜（韵）＋｜｜——（句）＋｜——（句）＋｜——｜（韵）

附注：下片第二句是上一、下四句法。如改用上二、下三句法，则第一字可用平声。

例

薄雾浓云愁永昼，瑞脑消金兽。佳节又重阳，玉枕纱厨，半夜凉初透。

东篱把酒黄昏后，有暗香盈袖。莫道不消魂，帘卷西风，人比黄花瘦。

——李清照

望江东

仅见《山谷琴趣外篇》，殆是黄庭坚创作。五十二字，前后片各四仄韵。

定 格

—｜——｜—｜（韵）｜+｜（豆）——｜（韵）+—+｜

｜—｜（韵）｜｜｜（豆）——｜（韵）

——｜｜——｜（韵）｜+｜（豆）——｜（韵）+—+｜

｜—｜（韵）｜+｜（豆）——｜（韵）

例

江水西头隔烟树，望不见、江东路。思量只有梦来去，更不怕、江阑住。

灯前写了书无数，算没个、人传与。直饶寻得雁分付，又还是、秋将暮。

——黄庭坚

木兰花

唐教坊曲，《金奁集》入“林钟商调”。《花间集》所录三首各不相同，兹以韦庄词为准。五十五字，前后片各三仄韵，不同部换叶。《尊前集》所录皆五十六字体，北宋以后多遵用之。《乐章集》及《张子野词》并入“林钟商”。其名《木兰花令》者，《乐章集》入“仙吕调”，前后片各三仄韵（平仄句式与《玉楼春》全同，但《乐章集》以《玉楼春》入“大石调”，似又有区别）。别有《减字木兰花》，《张子野词》入“林钟商”，《乐章集》入“仙吕调”。四十四字，前后片第一、三句各减三字，改为平仄韵互换格，每片两仄韵，两平韵。又有《偷声木兰花》，入“仙吕调”。五十字，只两片并于第三句各减三字，平仄韵互换，与《减字木兰花》相同。宋教坊复演为《木兰花慢》，《乐章集》入“南吕调”，一百一字，前片五平韵，后片七平韵。兹列五格，以见一曲演化之由，他可类推。

格　一（仄韵换韵格）

丨丨丨——丨丨（韵）—丨丨——丨丨（韵）—丨丨（句）丨——（句）丨丨丨——丨丨（韵）

丨丨丨——丨丨（换韵）—丨丨——丨丨（韵）——丨丨丨——（句）—丨丨——丨丨（韵）

例　一

独上小楼春欲暮，愁望玉关芳草路。消息断，不逢人，却敛细眉归绣户。

坐看落花空叹息，罗袂湿斑红泪滴。千山万水不曾行，魂梦欲教何处觅？

——韦庄

格　二（仄韵定格）

＋－＋｜－－｜（韵）＋｜＋－－｜｜（韵）＋－＋｜｜－－（句）＋｜＋－－｜｜（韵）

＋－＋｜－－｜（韵）＋｜＋－－｜｜（韵）＋－＋｜｜－－（句）＋｜＋－－｜｜（韵）

例　二

儿家夫婿心容易，身又不来书不寄。闲庭独立鸟关关，争忍抛奴深院里？

闷向绿纱窗下睡，睡又不成愁已至。今年却忆当年春，同在木兰花下醉。

——欧阳炯

例　三（木兰花令）

霜余已失长淮阔，空听潺潺清颍咽。佳人犹唱醉翁词，四十三年如电抹。

草头秋露流珠滑，三五盈盈还二八。与余同是识翁人，惟有西湖波底月！

——苏轼（次欧公西湖韵）

例　四（玉楼春）

东城渐觉风光好，縠皱波纹迎客棹。绿杨烟外晓寒轻，红杏枝头春意闹。

浮生长恨欢娱少，肯爱千金轻一笑？为君持酒劝斜阳，且向花间留晚照。

——宋祁

格　三（减字木兰花）

＋－＋｜（仄韵）＋｜＋－－｜｜（叶仄）＋｜－－（换平韵）＋｜－－＋｜－（叶平）

＋－＋｜（再换仄韵）＋｜＋－－｜｜（叶仄）＋｜－－（再换平韵）＋｜－－＋｜－（叶平）

例　五

天涯旧恨，独自凄凉人不问。欲见回肠，断尽金炉小篆香。

黛蛾长敛，任是春风吹不展。困倚危楼，过尽飞鸿字字愁。

——秦观

格　四（偷声木兰花）

＋－＋｜－－｜（仄韵）＋｜＋－－｜｜（叶仄）＋｜－－（换平韵）＋｜－－＋｜－（叶平）

＋－＋｜－－｜（再换仄韵）＋｜＋－－｜｜（叶仄）＋｜－－（再换平韵）＋｜－－＋｜－（叶平）

例　六

画楼浅映横塘路，流水滔滔春共去。目送残晖，燕子双高蝶对飞。

风花将尽持杯送，往事只成清夜梦。莫更登楼，坐想行思已是愁。

——张先

格　五（木兰花慢）

｜－－｜｜（句）｜－｜（句）｜－－（韵）｜＋｜－－（句）＋－｜｜（句）＋｜－－（韵）－－（韵）｜－｜｜（句）｜－－｜

丨丨——（韵）—丨——丨丨（句）丨—丨丨——（韵）

——（韵）丨丨十—（韵）—丨丨（句）丨——（韵）丨十丨——（句）十—丨丨（句）十丨——（韵）——（韵）丨—丨丨（句）丨——丨丨丨——（韵）—丨——丨丨（句）丨—丨丨——（韵）

附注：开端是上一、下四句法，前片第四句，后片第五句，皆以去声字领下四言三句，承以两言短韵，紧接“丨—丨丨”的上一、下三的特殊句法，下又以一去声字领七言一句，殆是北宋教坊歌曲时节拍如此。后片第六字亦有不叶韵者，第五句亦作“丨丨—丨丨”。南宋诸家颇不一致，开端多改作上二、下三句法，后片二言短韵后，或改作五言两句。亦有略去两片中间诸两言短韵者，并为举例。

例　七（慢调正格）

拆桐花烂漫，乍疏雨，洗清明。正艳杏烧林，缃桃绣野，芳景如屏。倾城，尽寻胜去，骤雕鞍绀幰出郊坰。风暖繁弦脆管，万家竞奏新声。

盈盈，斗草踏青，人艳冶，递逢迎。向路旁往往，遗簪堕珥，珠翠纵横。欢情，对佳丽地，信金罍罄竭玉山倾。拚却明朝永日，画堂一枕春酲。

——柳永

例　八

倚危楼伫立，乍萧索，晚晴初。渐素景衰残，风砧韵响，霜树红疏。云衢，见新雁过，奈佳人自别阻音书。空遣悲秋念远，寸肠万恨萦纡。

皇都，暗想欢游（不叶韵），成往事，动欷歔。念对酒当歌，低帏并枕，翻恁轻孤。归途，纵凝望处，但斜阳暮霭满平芜。赢得无言悄悄，凭阑尽日踟蹰。

——柳永

例　九（慢调变格）

紫骝嘶冻草，晓云锁，岫眉颦。正蕙雪初销，松腰玉瘦，憔悴真真。轻藜渐穿险磴，步荒苔犹认瘗花痕。千古兴亡旧恨，半丘残日孤云。

开尊，重吊吴魂。岚翠冷，洗微醺。问几曾夜宿，月明起看，剑水星纹？登临总成去客，更软红先有探芳人。回首沧波故苑，落梅烟雨黄昏。

——吴文英（游虎丘）

例　十

可怜今夕月，向何处，去悠悠？是别有人间，那边才见，光景东头？是天外空汗漫，但长风浩浩送中秋？飞镜无根谁系？姮娥不嫁谁留？

谓经海底问无由，恍惚使人愁。怕万里长鲸，纵横触破，玉殿琼楼。虾蟆故堪浴水，问云何玉兔解沉浮？若道都齐无恙，云何渐渐如钩？

——辛弃疾（中秋饮酒将旦，客谓前人诗词，有赋待月，无送月者，因用《天问》体赋）

鹊桥仙

《风俗记》：“七夕，织女当渡河，使鹊为桥。”因取以为曲名，以咏牛郎织女相会事。《乐章集》入“歇指调”，较一般所用多三十二字。兹以《淮海词》为准。五十六字，上下片各两仄韵。亦有上下片各四仄韵者。

定　格

＋－＋｜（句）＋－＋｜（句）＋｜＋－＋｜（韵）＋－＋｜｜－－（句）｜＋｜（豆）－－＋｜（韵）

＋－＋｜（句）＋－＋｜（句）＋｜＋－＋｜（韵）＋－＋｜｜－－（句）｜＋｜（豆）－－＋｜（韵）

例 一

纤云弄巧，飞星传恨，银汉迢迢暗度。金风玉露一相逢，便胜却、人间无数。

柔情似水，佳期如梦，忍顾鹊桥归路。两情若是久长时，又岂在、朝朝暮暮？

——秦观

例 二

松冈避暑，茅檐避雨，闲去闲来几度？醉扶孤石看飞泉，又却是、前回醒处。

东家娶妇，西家归女，灯火门前笑语。酿成千顷稻花香，夜夜费、一天风露。

——辛弃疾（山行书所见）

夜游宫

《清真集》入“般涉调”。五十七字，前后片各四仄韵。

定 格

｜｜——｜｜（韵）｜＋｜（豆）＋——｜（韵）＋｜——｜

＋｜（韵）｜——（句）｜——（句）—｜｜（韵）

｜｜——｜（韵）｜＋｜（豆）＋——｜（韵）＋｜——｜＋｜（韵）｜——（句）｜——（句）—｜｜（韵）

例 一

叶下斜阳照水，卷轻浪、沉沉千里。桥上酸风射眸子。立多时，看黄昏，灯火市。

古屋寒窗底，听几片、井桐飞坠。不恋单衾再三起。有谁知，为萧娘，书一纸。

——周邦彦

例 二

雪晓清笳乱起，梦游处、不知何地？铁骑无声望似水。想关河：雁门西，青海际。

睡觉寒灯里，漏声断、月斜窗纸。自许封侯在万里。有谁知，鬓虽残，心未死。

——陆游（记梦，寄师伯浑）

踏莎行

双调小令，《张子野词》入“中吕宫”。五十八字，上下片各三仄韵。四言双起，例用对偶。又有《转调踏莎行》，六十六字，上下片各四仄韵。

格　一

＋丨——（句）＋—＋丨（韵）＋—＋丨——丨（韵）＋—＋丨丨——（句）＋—＋丨——丨（韵）

＋丨——（句）＋—＋丨（韵）＋—＋丨——丨（韵）＋—＋丨丨——（句）＋—＋丨——丨（韵）

例　一

小径红稀，芳郊绿遍，高台树色阴阴见。春风不解禁杨花，濛濛乱扑行人面。

翠叶藏莺，朱帘隔燕，炉香静逐游丝转。一场愁梦酒醒时，斜阳却照深深院。

——晏殊

例　二

雾失楼台，月迷津渡，桃源望断无寻处。可堪孤馆闭春寒，杜鹃声里斜阳暮。

驿寄梅花，鱼传尺素，砌成此恨无重数。郴江幸自绕郴山，为谁流下潇湘去？

——秦观（郴州旅舍）

格　二（转调踏莎行）

丨丨——（句）——＋丨（韵）＋——丨丨（豆）＋—丨（韵）——＋丨（句）——＋丨（韵）——丨丨丨——丨（韵）

丨丨——（句）——＋丨（韵）＋——丨丨（豆）＋—丨（韵）——＋丨（句）丨——＋丨（韵）—丨丨丨丨——丨（韵）

例　三

翠幄成阴，谁家帘幕？绮罗香拥处、觥筹错。清和将近，春寒更薄，高歌看簌簌梁尘落。

好景良辰，人生行乐。金杯无奈是、苦相虐。残红飞尽，袅垂杨轻弱。来岁断不负莺花约。

——曾觌

钗头凤

又名《折红英》。六十字，上下片各七仄韵，两叠韵，两部递换。声情凄紧。

定　格

——｜（韵）——｜（叶仄）｜——｜——｜（叶仄）——｜（换仄）——｜（叶二仄）＋——｜（句）｜——｜（叶二仄）｜（叶二仄）｜（叠）｜（叠）

——｜（叶首仄）——｜（叶首仄）｜—｜——｜（叶首仄）——｜（叶二仄）——｜（叶二仄）＋——｜（句）｜——｜（叶二仄）｜（叶二仄）｜（叠）｜（叠）

例

红酥手，黄縢酒，满城春色宫墙柳。东风恶，欢情薄。一怀愁绪，几年离索。错！错！错！

春如旧，人空瘦，泪痕红浥鲛绡透。桃花落，闲池阁。山盟虽在，锦书难托。莫！莫！莫！

——陆游

蝶恋花

又名《鹊踏枝》《凤栖梧》。唐教坊曲，《乐章集》《张子野词》并入“小石调”，《清真集》入“商调”。赵令畤有《商调蝶恋花》，联章作“鼓子词”，咏《会真记》事。双调，六十字，上下片各四仄韵。

定　格

＋｜＋——｜｜（韵）＋｜——（句）＋｜——｜（韵）＋｜＋——｜｜（韵）＋—＋｜——｜（韵）

＋｜＋——｜｜（韵）＋｜——（句）＋｜——｜（韵）＋｜＋——｜｜（韵）＋—＋｜——｜（韵）

例　一（鹊踏枝）

萧索清秋珠泪坠。枕簟微凉，展转浑无寐。残酒欲醒中夜起，月明如练天如水。

阶下寒声啼络纬。庭树金风，悄悄重门闭。可惜旧欢携手地，思量一夕成憔悴。

——冯延巳

例　二（凤栖梧）

伫立危楼风细细。望极春愁，黯黯生天际。草色烟光残照里，无言谁会凭阑意？

拟把疏狂图一醉，对酒当歌，强乐还无味。衣带渐宽终不悔，为伊消得人憔悴。

——柳永

例　三（蝶恋花）

庭院深深深几许？杨柳堆烟，帘幕无重数。玉勒雕鞍游冶处，楼高不见章台路。

雨横风狂三月暮。门掩黄昏，无计留春住。泪眼问花花不语，乱红飞过秋千去。

——欧阳修

例　四

春涨一篙添水面。芳草鹅儿，绿满微风岸。画舫夷犹湾百转，横塘塔近依然远。

江国多寒农事晚。村北村南，谷雨才耕遍。秀麦连冈桑叶贱，看看尝面收新茧。

——范成大

渔家傲

北宋流行歌曲。有用以作“十二月鼓子词”者。《清真集》入“般涉调”。双调，六十二字，上下片各五仄韵。

定 格

＋丨＋——丨丨（韵）＋—＋丨——丨（韵）＋丨＋——丨

丨（韵）—＋丨（韵）＋—＋丨——丨（韵）

＋丨＋——丨丨（韵）＋—＋丨——丨（韵）＋丨＋——丨

丨（韵）—＋丨（韵）＋—＋丨——丨（韵）

例 一

塞下秋来风景异，衡阳雁去无留意。四面边声连角起。千嶂里，长烟落日孤城闭。

浊酒一杯家万里，燕然未勒归无计。羌管悠悠霜满地。人不寐，将军白发征夫泪。

——范仲淹

例　二

喜鹊填河仙浪浅，云軿早在星桥畔。街鼓黄昏霞尾暗。炎光敛，金钩侧倒天西面。

一别经年今始见，新欢往恨知何限？天上佳期贪眷恋。良宵短，人间不合催银箭。

——欧阳修（七夕）

例　三

平岸小桥千嶂抱，揉蓝一水萦花草。茅屋数间窗窈窕。尘不到，时时自有春风扫。

午枕觉来闻语鸟，敧眠似听朝鸡早。忽忆故人今总老。贪梦好，茫然忘了邯郸道。

——王安石

苏幕遮

西域舞曲。慧琳《一切经音义》卷四十：“‘苏幕遮’，西戎胡语也，正云‘飒磨遮’。此戏本出西龟兹国，至今犹有此曲，此国浑脱、大面、拨头之类也。或作兽面，或象鬼神，假作种种面具形状。或以泥水沾洒行人，或持羂索搭钩，捉人为戏。每年七月初，公行此戏，七日乃停。土俗相传云，常以此法攘厌，驱趁罗刹恶鬼食啖人民之灾也。”《张说之文集》卷十有《苏摩遮》诗五首，皆七言绝句，说之于诗题下注云：“泼寒胡戏所歌，其和声云亿岁乐。”《词谱》谓宋词家所用，盖因旧曲另度新声。《清真集》入“般涉调”。双调，六十二字，上下片各四仄韵。

定　格

丨——（句）—丨丨（韵）+丨——（句）+丨——丨（韵）+丨———丨丨（韵）+丨——（句）+丨——丨（韵）

丨——（句）—丨丨（韵）+丨——（句）+丨——丨（韵）+丨———丨丨（韵）+丨——（句）+丨——丨（韵）

例　一

碧云天，黄叶地。秋色连波，波上寒烟翠。山映斜阳天接水。芳草无情，更在斜阳外。

黯乡魂，追旅思。夜夜除非，好梦留人睡。明月楼高休独倚。酒入愁肠，化作相思泪。

——范仲淹

例　二

燎沉香，消溽暑。鸟雀呼晴，侵晓窥檐语。叶上初阳干宿雨。水面清圆，一一风荷举。

故乡遥，何日去？家住吴门，久作长安旅。五月渔郎相忆否？小楫轻舟，梦入芙蓉浦。

——周邦彦

淡黄柳

宋姜夔自度曲，《白石道人歌曲》入“正平调”。六十五字，前片三仄韵，后片五仄韵，以用入声韵为宜。

定　格

——｜｜（句）—｜——｜（韵）｜｜———｜｜（韵）｜｜——｜｜（句）—｜——｜—｜（韵）

｜—｜（韵）——｜—｜（韵）｜—｜（句）｜—｜（韵）｜——｜｜——｜（韵）｜｜——（句）｜——｜（句）—｜——｜｜（韵）

例

空城晓角，吹入垂杨陌。马上单衣寒恻恻。看尽鹅黄嫩绿，都是江南旧相识。

正岑寂，明朝又寒食。强携酒，小桥宅。怕梨花落尽成秋色。燕燕飞来，问春何在？唯有池塘自碧。

——姜夔

锦缠道

一名《锦缠头》。六十六字，前片四仄韵，后片三仄韵。过片及第五句并是上一、下四句法。

定　格

丨丨——（句）丨丨丨——丨（韵）丨——（豆）丨——丨（韵）丨——丨——丨（韵）丨丨——（句）丨丨——丨（韵）

丨——丨—（句）丨——丨（韵）丨——（豆）丨——丨（韵）丨——（豆）—丨——（句）丨丨——丨（句）丨丨——丨（韵）

例

燕子呢喃，景色乍长春昼。睹园林、万花如绣，海棠经雨胭脂透。柳展宫眉，翠拂行人首。

向郊原踏青，恣歌携手。醉醺醺、尚寻芳酒。问牧童、遥指孤村，道杏花深处，那里人家有。

——宋祁

酷相思

始见《书舟词》。双调，六十六字，上下片各四仄韵，一叠韵。八言句是以一去声字领下七言。

定格

｜｜———｜｜（韵）｜+｜（豆）——｜（韵）｜—｜———｜｜（韵）+｜｜（豆）——｜（韵）+｜｜（豆）——｜（叠）

｜｜———｜｜（韵）｜+｜（豆）——｜（韵）｜—｜———｜｜（韵）+｜｜（豆）——｜（韵）+｜｜（豆）——｜（叠）

例

月挂霜林寒欲坠。正门外、催人起。奈离别如今真个是。欲住也、留无计。欲去也、来无计。

马上离情衣上泪。各自个、供憔悴。问江路梅花开也未？春到也、须频寄。人到也、须频寄。

——程垓

解佩令

始见于晏几道《小山乐府》。调名取义于郑交甫遇汉皋神女解佩事。双调，六十六字，上下片各五仄韵。第一、二句亦有不用韵者。

定　格

——＋｜（韵）——＋｜（韵）｜——（豆）———｜（韵）｜｜——（句）｜｜＋（豆）＋——｜（韵）｜——（豆）｜—｜｜（韵）

——＋｜（韵）——＋｜（韵）｜——（豆）———｜（韵）｜｜——（句）｜｜＋（豆）＋——｜（韵）｜——（豆）｜—｜｜（韵）

例

人行花坞，衣沾香雾。有新词、逢春分付。屡欲传情，奈燕子、不曾飞去，倚珠帘、咏郎秀句。

相思一度，浓愁一度。最难忘、遮灯私语。淡月梨花，借梦来、花边廊庑，指春衫、泪曾溅处。

——史达祖

青玉案

汉张衡《四愁诗》：“美人赠我锦绣段，何以报之青玉案。”因取以为调名。六十七字，前后片各五仄韵。亦有第五句不用韵者。

定 格

＋—＋丨——丨（韵）丨＋丨（豆）——丨（韵）丨丨———丨丨（韵）＋——丨（句）＋—＋丨（韵）＋丨——丨（韵）

＋—＋丨——丨（韵）＋丨——丨—丨（韵）丨丨———丨丨（韵）＋——丨（句）＋—＋丨（韵）＋丨——丨（韵）

例　一

凌波不过横塘路，但目送、芳尘去。锦瑟年华谁与度？月桥花院，琐窗朱户，只有春知处。

飞云冉冉蘅皋暮，彩笔新题断肠句。试问闲情都几许？一川烟草，满城风絮，梅子黄时雨。

——贺铸

例　二

三年枕上吴中路，遣黄犬、随君去。若到松江呼小渡，莫惊鸥鹭，四桥尽是，老子经行处。

辋川图上看春暮，常记高人右丞句。作个归期天已许。春衫犹是，小蛮针线，曾湿西湖雨。

——苏轼（和贺方回韵，送伯固还吴中）

例　三

东风夜放花千树，更吹落、星如雨。宝马雕车香满路。凤箫声动，玉壶光转，一夜鱼龙舞。

蛾儿雪柳黄金缕，笑语盈盈暗香去。众里寻他千百度。蓦然回首，那人却在，灯火阑珊处。

——辛弃疾（元夕）

千秋岁

《宋史·乐志》入“歇指调”，《张子野词》入“仙吕调”。兹以《淮海长短句》为准。七十一字，前后片各五仄韵。别有《千秋岁引》，八十二字，前片四仄韵，后片五仄韵。

格　一

｜——｜（韵）—｜——｜（韵）—｜｜（句）——｜（韵）———｜｜（句）—｜——｜（韵）—｜｜（句）｜—｜｜——｜（韵）

｜｜——｜（韵）—｜——｜（韵）—｜｜（句）——｜（韵）｜——｜｜（句）｜｜——｜（韵）—｜｜（句）｜—｜｜——｜（韵）

例　一

水边沙外，城郭春寒退。花影乱，莺声碎。飘零疏酒盏，离别宽衣带。人不见，碧云暮合空相对。

忆昔西池会，鹓鹭同飞盖。携手处，今谁在？日边清梦断，镜里朱颜改。春去也，飞红万点愁如海。

——秦观（谪虔州日作）

格　二（千秋岁引）

｜｜——（句）——｜｜（韵）｜｜——｜—｜（韵）——｜—｜｜｜（句）——｜｜——｜（韵）｜——（句）｜—｜（句）｜—｜（韵）

—｜｜——｜｜（韵）—｜｜——｜｜（韵）｜｜——｜—｜（韵）——｜—｜｜｜（句）——｜｜——｜（韵）｜——（句）｜—｜（句）——｜（韵）

例　二

别馆寒砧，孤城画角，一派秋声入寥廓。东归燕从海上去，南来雁向沙头落。楚台风，庾（去声）楼月，宛如昨。

无奈被些名利缚，无奈被它情担阁。可惜风流总闲却。当初漫留华（去声）表语，而今误我秦楼约。梦阑时，酒醒后，思量着。

——王安石

离亭燕

一作《离亭宴》。《张子野词补遗》有“离亭别宴”之语。因取以为调名。张作七十七字，他家多用七十二字体。上下片各四仄韵。

定　格

＋｜＋——｜（韵）—｜｜——｜（韵）＋｜｜——｜｜（句）｜｜＋——｜（韵）｜｜｜——（句）＋｜＋——｜（韵）

＋｜＋——｜（韵）—｜｜——｜（韵）＋｜｜——｜｜（句）｜｜＋——｜（韵）｜｜｜——（句）＋｜＋——｜（韵）

例

一带江山如画，风物向秋潇洒。水浸碧天何处断？霁色冷光相射。蓼屿荻花洲，掩映竹篱茅舍。

云际客帆高挂，烟外酒旗低亚。多少六朝兴废事，尽入渔樵闲话。怅望倚层楼，寒日无言西下。

——张昇

粉蝶儿

始见毛滂《东堂词》。兹以《稼轩长短句》为准。七十二字，前后片各四仄韵。

定　格

丨丨——丨—丨—丨丨（韵）丨——（豆）丨——丨（韵）丨——（豆）丨丨丨（豆）丨——丨（韵）丨——（豆）—丨丨——丨（韵）

———丨—丨丨丨—丨（韵）丨——（豆）丨——丨（韵）丨——（豆）—丨丨（豆）丨——丨（韵）丨——（豆）—丨丨——丨（韵）

例

昨日春如十三女儿学绣，一枝枝、不教花瘦。甚无情、便下得、雨僝风僽？向园林、铺作地衣红绉。

而今春似轻薄荡子难久。记前时、送春归后，把春波、都酿作、一江醇酎，约清愁、杨柳岸边相候。

——辛弃疾（和赵晋臣敷文赋落梅）

御街行

又名《孤雁儿》。《乐章集》及《张子野词》并入“双调”。兹以范仲淹词为准。双调七十八字，上下片各四仄韵。下片亦有略加衬字者，列为变格。

定　格

——｜｜——｜（韵）｜｜｜（豆）——｜（韵）———｜｜——（句）—｜———｜（韵）——＋｜（句）＋——｜（句）—｜——｜（韵）

——｜｜——｜（韵）｜｜｜（豆）——｜（韵）———｜｜——（句）—｜———｜（韵）——＋｜（句）＋——｜（句）—｜——｜（韵）

例　一（正格）

纷纷坠叶飘香砌。夜寂静、寒声碎。真珠帘卷玉楼空，天淡银河垂地。年年今夜，月华如练，长是人千里。

愁肠已断无由醉。酒未到、先成泪。残灯明灭枕头攲，谙尽孤眠滋味。都来此事，眉间心上，无计相回避。

——范仲淹

例　二（变格）

霜风渐紧寒侵被。听孤雁、声嘹唳。一声声送一声悲，云淡碧天如水。披衣起告：雁儿略住，听我些儿事。

塔儿南畔城儿里，第三个、桥儿外，濒河西岸小红桥，门外梧桐雕砌。请教且与，低声飞过，那里有人人无寐。

——《古今词话》所载无名氏

祝英台近

又名《月底修箫谱》。始见《东坡乐府》，元高栻词入“越调”，殆是唐宋以来民间流传歌曲。毛先舒《填词名解》卷二引《宁波府志》：“东晋，越有梁山伯、祝英台尝同学，祝先归，梁后访之，乃知祝为女，欲娶之，然祝已许马氏之子。梁忽忽成疾，后为鄞令，且死，遗言葬清道山下。明年，祝适马氏，过其地而风涛大作，舟不能进。祝乃造冢，哭之哀恸。其地忽裂，祝投而死之。今吴中有花蝴蝶，盖橘蠹所化，童儿亦呼梁山伯、祝英台云。”此调宛转凄抑，犹可想见旧曲遗音。七十七字，前片三仄韵，后片四仄韵。忌用入声部韵。

定格

丨——（句）—丨丨（句）—丨丨—丨（韵）＋丨——（句）＋丨丨—丨（韵）＋—＋丨——（句）＋—＋丨（句）丨＋丨（豆）＋——丨（韵）

丨—丨（韵）＋＋—丨——（句）＋—丨—丨（韵）＋丨——（句）＋＋丨—丨（韵）＋—＋丨——（句）＋—＋丨（句）丨＋丨（豆）＋——丨（韵）

例　一

宝钗分，桃叶渡，烟柳暗南浦。怕上层楼，十日九风雨。断肠片片飞红，都无人管，倩谁劝、流莺声住？

鬓边觑，试把花卜心期，才簪又重数。罗帐灯昏，哽咽梦中语：是他春带愁来，春归何处？却不解、带将愁去？

——辛弃疾（晚春）

例　二

采幽香，巡古苑，竹冷翠微路。斗草溪根，沙印小莲步。自怜两鬓清霜，一年寒食，又身在、云山深处。

昼闲度，因甚天也悭春，轻阴便成雨？绿暗长亭，归梦趁风絮。有情花影阑干，莺声门径，解留我、霎时凝伫。

——吴文英（春日客龟溪，游废园）

蓦山溪

又名《上阳春》。《清真集》入“大石调”。八十二字，前片六仄韵，后片四仄韵。亦有前片四仄韵，后片三仄韵者，列为别格。

定　格

——＋｜（韵）＋｜——｜（韵）＋｜｜——（句）｜＋＋（豆）——＋｜（韵）｜——｜（句）＋｜｜——（句）—｜｜（韵）—｜｜（韵）＋｜——｜（韵）

——＋｜（句）＋｜——｜（韵）＋｜｜——（句）｜＋＋（豆）——＋｜（韵）｜——｜（句）＋｜｜——（句）—｜｜（句）—｜｜（韵）＋｜——｜（韵）

例 一

湖平春水，菱荇萦船尾。空翠入衣襟，拊轻桹、游鱼惊避。晚来潮上，迤逦没沙痕，山四倚。云渐起，鸟度屏风里。

周郎逸兴，黄帽侵云水。落日媚沧洲，泛一棹、夷犹未已。玉箫金管，不共美人游，因甚个，烟雾底，独爱莼羹美。

——周邦彦

变 格

＋－＋｜（韵）｜｜－－｜（韵）｜｜｜－－（句）｜－｜（豆）－－｜｜（韵）｜－＋｜（句）－｜｜－－（句）－｜｜（句）｜－－（句）＋｜－－｜（韵）

＋－＋｜（句）｜｜－－｜（韵）｜｜｜－－（句）｜－｜（豆）－－｜｜（韵）｜－＋｜（句）－｜｜－－（句）－｜｜（句）｜－－（句）＋｜－－｜（韵）

例 二

与鸥为客，绿野留吟屐。两行（去声）柳阴垂，是当日、仙翁手植。一亭寂寞，烟外带愁横，荷冉冉，展凉云，横卧虹千尺。

才因老尽，秀句君休觅。万绿正迷人，更愁入、山阳夜笛。百年心事，惟有玉阑知，吟未了，放船回，月下空相忆。

——姜夔（题钱氏溪月）

洞仙歌

唐教坊曲，《乐章集》兼入“中吕”“仙吕”“般涉”三调，句豆亦参差不一。兹以《东坡乐府》所用《洞仙歌令》为准。音节舒徐，极殆宕摇曳之致。八十三字，前后片各三仄韵。前片第二句是上一、下四句法，后片收尾八言句是以一去声字领下七言，紧接又以一去声字领下四言两句作结。前片第二句亦有用上二、下三句法，并于全阕增一、二衬字，句豆平仄略异者，如后三例是。

定　格

＋－＋｜（句）｜＋－－｜（韵）＋｜－－｜－｜（韵）

｜－－（豆）＋｜－｜－－（句）－＋｜（句）＋｜－－＋｜（韵）

＋－－｜｜（句）＋｜－－（句）＋｜－－｜－｜（韵）｜

｜｜——（句）｜｜——（句）—＋｜（豆）＋—＋｜（韵）｜＋
｜——｜——（句）｜｜｜——（句）｜——｜（韵）

例　一（正格）

冰肌玉骨，自清凉无汗。水殿风来暗香满。绣帘开、一点明月窥人，人未寝，攲枕钗横鬓乱。

起来携素手，庭户无声，时见疏星渡河汉。试问夜如何？夜已三更，金波淡、玉绳低转。但屈指西风几时来，又不道流年，暗中偷换。

——苏轼

附注：轼原有小序云："余七岁时，见眉山老尼，姓朱，忘其名，年九十岁。自言尝随其师入蜀主孟昶宫中，一日大热，蜀主与花蕊夫人夜纳凉摩诃池上，作一词，朱具能记之。今四十年，朱已死久矣！人无知此词者。但记其首两句。暇日寻味，岂《洞仙歌令》乎？乃为足之云。"后来作者，多依此体。

例　二（变格）

青烟幂处，碧海飞金镜，永夜闲阶卧桂影。露凉时、零乱多少寒螀，神京远，惟有蓝桥路近。

水晶帘不下，云母屏开，冷浸佳人淡脂粉。待都将许多明，付与金尊，投晓共、流霞倾尽。更携取胡床上南楼，看玉做人间，素秋千顷。

——晁补之（泗州中秋作）

例　三

月中丹桂，自风霜难老。阅尽人间盛衰草。望中秋、才有几日十分圆，霾风雨，云表常如永昼。

不得文章力，白首防秋，谁念云中上功守？正注意得人雄，静扫河西（指西夏），应难纵、五湖归棹。问持节冯唐几时来？看再策勋名，印窠如斗。

——黄庭坚（泸守王补之生日）

例　四

雪云散尽，放晓晴池院。杨柳于人便青眼。更风流多处，一点梅心，相映远，约略颦轻笑浅。

一年春好处，不在浓芳，小艳疏香最娇软。到清明时候，百紫千红，花正乱，已失春风一半。早占取韶光共追游，但莫管春寒，醉红自暖。

——李元膺

附注：元膺原有小序云：“一年春物，惟梅柳间意味最深。至莺花烂漫时，则春已衰迟，使人无复新意。予作《洞仙歌》，使探春者歌之，无后时之悔。”

惜红衣

《白石道人歌曲》所载“自度曲”之一。其序云：“吴兴号水晶宫，荷花盛丽。陈简斋（与义）云：‘今年何以报君恩？一路荷花相送到青墩。’亦可见矣。丁未之夏，予游千岩，数往来红香中，自度此曲，以无射宫歌之。”八十八字，前片五仄韵，后片六仄韵，宜入声韵。前片结句与后片倒数第二句皆上一、下四句法。

定格

丨丨——（句）——丨丨（句）丨——丨（韵）丨丨——（句）——丨—丨（韵）——丨丨（句）—丨丨（豆）———丨（韵）—丨（韵）—丨丨—（句）丨———丨（韵）

——丨丨（韵）—丨——（句）——丨—丨（韵）——丨丨丨丨（韵）丨—丨（韵）丨丨丨——丨（句）丨丨丨——丨（韵）丨丨——丨（句）—丨丨——丨（韵）

例

箪枕邀凉，琴书换日，睡余无力。细洒冰泉，并刀破甘碧。墙头唤酒，谁问讯、城南诗客？岑寂，高树晚蝉，说西风消息。

虹梁水陌，鱼浪吹香，红衣半狼藉。维舟试望故国，渺天北。可惜柳边沙外，不共美人游历。问甚时同赋，三十六陂秋色？

——姜夔

法曲献仙音

陈旸《乐书》：“法曲兴于唐，其声始出清商部，比正律差四律，有铙、钹、钟、磬之音。《献仙音》其一也。”《乐章集》《清真集》并入“小石调”，《白石道人歌曲》入“大石调”。周、姜两家句豆大体相同，兹以姜词为准。九十二字，前片三仄韵，后片六仄韵。前片结尾是以一去声字领下五言两句，后片结尾是以一去声字领下四言一句、六言一句，周、姜全同。

定 格

—丨——（句）丨——丨（句）丨丨———丨（韵）丨丨——（句）丨——丨（句）——丨丨—丨（韵）丨丨丨——丨（句）——丨—丨（韵）

丨—丨（韵）丨——（豆）丨——丨（韵）—丨丨（豆）—丨丨——丨（韵）丨丨丨——（句）丨——（豆）—丨—丨（韵）丨丨——（句）丨——（豆）丨丨丨丨（韵）丨———丨（句）丨丨———丨（韵）

例

虚阁笼寒，小帘通月，暮色偏怜高处。树隔离宫，水平驰道，湖山尽入尊俎。奈楚客淹留久，砧声带愁去。

屡回顾，过秋风、未成归计。谁念我、重见冷枫红舞？唤起淡妆人，问逋仙、今在何许？象笔鸾笺，甚而今、不道秀句。怕平生幽恨，化作沙边烟雨。

——姜夔

附注：夔原有小序云：“张彦功官舍在铁冶岭上，即昔之教坊使宅。高斋下瞰湖山，光景奇绝。予数过之，为赋此。”按词中“计”字是韵。姜词第三、四部韵往往同用，殆是江西方音。如《长亭怨慢》“矣”、“此”（三部）与“絮”、“户”、“许”、“树”、“暮”、“数”、“付”、“主”、“缕”（四部）等字同叶，是其证。

满江红

《乐章集》《清真集》并入“仙吕调”。宋以来作者多以柳永词为准。九十三字，前片四仄韵，后片五仄韵。一般例用入声韵。声情激越，宜抒豪壮情感和恢宏襟抱。亦可酌增衬字。姜夔改作平韵，附著于后，则情调俱变。

定　格

＋｜——（句）—＋｜（豆）＋—＋｜（韵）—｜｜（豆）｜——｜（句）｜—＋｜（韵）＋｜＋——｜｜（句）＋—＋｜——｜（韵）＋＋＋（豆）＋｜｜——（句）——｜（韵）

＋＋｜（句）—｜｜（韵）—｜｜（句）——｜（韵）｜——＋｜（句）｜——｜（韵）＋｜＋——｜｜（句）＋—＋｜——｜（韵）＋＋＋（豆）＋｜｜——（句）——｜（韵）

例　一

暮雨初收，长川静、征帆夜落。临岛屿、蓼烟疏淡，苇风萧索。几许渔人飞短艇，尽载灯火归村落。遣行客、当此念回程，伤飘泊。

桐江好，烟漠漠。波似染，山如削。绕严陵滩畔，鹭飞鱼跃。游宦区区成底事？平生况有云泉约。归去来、一曲仲宣吟，从军乐。

——柳永

例　二

怒发冲冠，凭阑处、潇潇雨歇。抬望眼、仰天长啸，壮怀激烈。三十功名尘与土，八千里路云和月。莫等闲、白了少年头，空悲切。

靖康耻，犹未雪。臣子恨，何时灭？驾长车踏破，贺兰山缺。壮志饥餐胡虏肉，笑谈渴饮匈奴血。待从头、收拾旧山河，朝天阙。

——岳飞

例　三

家住江南，又过了、清明寒食。花径里、一番风雨，一番狼藉。红粉暗随流水去，园林渐觉清阴密。算年年、落尽刺桐花，寒无力。

庭院静，空相忆。无说处，闲愁极。怕流莺乳燕，得知消息。尺素如今何处也，绿云依旧无踪迹。漫教人、羞去上层楼，平芜碧。

——辛弃疾（暮春）

例　四（有衬字）

江汉西来，高楼下、葡萄深碧。犹自带，岷峨雪浪，锦江春色。君是南山遗爱守，我为剑外思归客。对此间、风物岂无情，殷勤说。

江表传，君休读。狂处士，真堪惜。空洲对鹦鹉，苇花萧瑟。不独笑书生争底事，曹公黄祖俱飘忽。愿使君、还赋谪仙诗，追黄鹤。

——苏轼（寄鄂州朱使君寿昌）

附注：后片“空洲对鹦鹉”改作“——丨—丨”，又于第七句增一“不”字，是为变格。

格　二（平韵格）

—丨——（句）+丨丨（豆）—丨丨—（韵）—+丨（豆）

丨——丨（句）＋丨——（韵）＋丨———丨丨（句）＋——丨
丨——（韵）丨＋—（豆）＋丨丨——（句）—丨—（韵）

—＋丨（句）—丨—（韵）＋＋丨（句）丨——（韵）丨
丨——丨（句）＋丨——（韵）＋丨＋——丨丨（句）＋——丨
丨——（韵）丨＋—（豆）＋丨丨——（句）—丨—（韵）

例　五

仙姥来时，正一望、千顷翠澜。旌旗共、乱云俱下，依约前山。命驾群龙金作轭，相从诸娣玉为冠。向夜深、风定悄无人，闻佩环。

神奇处，君试看。奠淮右，阻江南。遣六丁雷电，别守东关。却笑英雄无好手，一篙春水走曹瞒。又怎知、人在小红楼，帘影间？

——姜夔

附注：原有小序：“《满江红》旧调用仄韵，多不协律。如末句云‘无心扑’三字，歌者将‘心’字融入去声，方谐音律。予欲以平韵为之，久不能成。因泛巢湖，闻远岸箫鼓声。问之舟师，云：‘居人为此湖神姥寿也。’予因祝曰：‘得一席风，径至居巢，当以平韵《满江红》为迎送神曲。’言讫，风与笔俱驶，顷刻而成。末句云‘闻佩环’，则协律矣。书于绿笺，沉于白浪。辛亥正月晦也。是岁六月，复过祠下，因刻之柱间。有客来自居巢，云：‘土人祠姥，辄能歌此词。’按：曹操至濡须口，孙权遗曹书曰：‘春水方生，公宜速去。’操曰：‘孙权不欺孤。’乃撤军还。濡须口与东关相近，江湖水之所出入。予意春水方生，必有司之者，故归其功于姥云。”（《白石道人歌曲》卷三）

天　香

此调以贺铸《东山乐府》为准。九十六字，前片四仄韵，后片六仄韵。

定　格

＋｜——（句）——｜｜（句）｜｜———｜（韵）｜｜——（句）——＋｜（句）｜｜———｜（韵）｜——｜（句）—｜｜（豆）｜——｜（韵）—｜——｜｜（句）——｜——｜（韵）

——｜—｜｜（韵）｜——（豆）｜——｜（韵）—｜——｜｜（句）｜——｜（韵）—｜——｜｜（韵）｜—｜（豆）——｜—｜（韵）｜｜——（句）——｜｜（韵）

例

烟络横林，山沉远照，逦迤黄昏钟鼓。烛映帘栊，蛩催机杼，共苦清秋风露。不眠思妇，齐应和、几声砧杵。惊动天涯倦宦，骎骎岁华行暮。

当年酒狂自负，谓东君、以春相付。流浪征骖北道，客樯南浦，幽恨无人晤语。赖明月、曾知旧游处，好伴云来，还将梦去。

——贺铸

声声慢

历来作者多用平韵格，而《漱玉词》所用仄韵格最为世所传诵，因即据以为准。九十七字，前后片各五仄韵，例用入声部韵。

定　格

——｜｜（韵）｜｜——（句）——｜｜｜｜（韵）｜｜———｜（句）｜——｜（韵）——｜｜｜｜（句）｜｜—（豆）｜——｜（韵）｜｜｜（句）｜——（豆）｜｜——｜（韵）

｜｜———｜（韵）—｜｜（豆）——｜——｜（韵）｜

┃——（句）┃┃┃—┃┃（韵）——┃—┃┃（句）┃——（豆）
┃┃┃┃（韵）┃┃┃（句）┃┃┃—┃┃┃（韵）

例

寻寻觅觅，冷冷清清，凄凄惨惨戚戚。乍暖还寒时候，最难将息。三杯两盏淡酒，怎敌他、晚来风急？雁过也，正伤心、却是旧时相识。

满地黄花堆积，憔悴损、如今有谁堪摘？守着窗儿，独自怎生得黑？梧桐更兼细雨，到黄昏、点点滴滴。这次第，怎一个愁字了得？

——李清照

黄莺儿

《乐章集》入“正宫”，殆为柳永创调，即咏黄莺儿。九十六字，前片四仄韵，后片五仄韵。前后片各以一平声字领五言对句。

定格

———┃——┃（韵）┃┃——（句）—

丨——（句）————（句）丨——丨（韵）—丨丨丨——（句）丨

丨——丨（韵）丨——丨——（句）丨丨———丨—丨（韵）

—丨（韵）丨丨丨——（句）丨丨——丨（韵）丨——丨（句）

丨丨——（句）——丨——丨（韵）—丨丨丨——（句）丨丨——

丨（韵）丨丨丨丨——（句）—丨——丨（韵）

例

园林晴昼春谁主？暖律潜催，幽谷暄和，黄鹂翩翩，乍迁芳树。观露湿缕金衣，叶映如簧语。晓来枝上绵蛮，似把芳心深意低诉。

无据，乍出暖烟来，又趁游蜂去。恣狂踪迹，两两相呼，终朝雾吟风舞。当上苑柳秾时，别馆花深处。此际海燕偏饶，都把韶光与。

——柳永

剑器近

《剑器》，唐舞曲。杜甫有《观公孙大娘舞剑器行》。“近”为宋教坊曲体之一种，如《祝英台近》之类皆是。《宋史·乐志》：“教坊奏《剑器曲》，一属‘中吕宫’，一属‘黄钟宫’。”此当是截取《剑器曲》中之一段为之。九十六字，前片八仄韵，后片七仄韵。音节极低回掩抑。

定 格

丨—丨（韵）丨丨丨（豆）———丨（韵）丨—丨——丨（韵）丨—丨（韵）丨—丨（韵）丨丨丨（豆）——丨丨（韵）——丨——丨（韵）丨—丨（韵）

—丨（韵）丨——丨丨（韵）——丨丨（句）丨丨丨（豆）丨丨——丨（韵）———丨丨——（句）丨——丨—（句）丨——丨—丨（韵）丨——丨（韵）丨丨——（句）丨丨——丨丨（韵）丨—丨丨——丨（韵）

例

夜来雨，赖倩得、东风吹住。海棠正妖娆处，且留取。悄庭户，试细听、莺啼燕语。分明共人愁绪，怕春去。

佳树，翠阴初转午。重帘未卷，乍睡起、寂寞看风絮。偷弹清泪寄烟波，见江头故人，为言憔悴如许。彩笺无数，去却寒暄，到了浑无定据。断肠落日千山暮。

——袁去华

醉蓬莱

《乐章集》入“林钟商”。九十七字，前后片各四仄韵。前片第一、第五、第八三句，后片第六、第九两句，皆上一、下四句法。

定　格

丨——丨丨（句）丨丨——（句）丨——丨（韵）丨丨——（句）丨———丨（韵）丨丨——（句）丨——丨（句）丨——丨（韵）丨丨——（句）——丨丨（句）丨——丨（韵）

丨丨——（句）丨——丨（句）丨丨——（句）丨——丨（韵）—丨——（句）丨丨——丨（韵）丨丨——（句）丨丨—丨（句）丨丨——丨（韵）丨丨——（句）———丨（句）丨——丨（韵）

例

渐亭皋叶下，陇首云飞，素秋新霁。华阙中天，锁葱葱佳气。嫩菊黄深，拒霜红浅，近宝阶香砌。玉宇无尘，金茎有露，碧天如水。

正值升平，万几多暇，夜色澄鲜，漏声迢递。南极星中，有老人呈瑞。此际宸游，凤辇何处？度管弦声脆。太液波翻，披香帘卷，月明风细。

——柳永

暗　香

姜夔自度“仙吕宫”曲。其小序云：“辛亥之冬，予载雪诣石湖，止既月，授简索句，且征新声，作此两曲。石湖把玩不已，使工妓隶习之，音节谐婉，乃名之曰《暗香》《疏影》。”（见《白石道人歌曲》卷四）后张炎用以咏荷花荷叶，更名《红情》《绿意》。此曲九十七字，前片五仄韵，后片七仄韵，例用入声部韵。前片第五字，后片第六字，皆领格字，宜用去声。

定　格

丨—丨丨（韵）丨丨—丨丨（句）———丨（韵）丨丨丨—（句）丨丨——丨—丨（韵）—丨——丨丨（句）—丨丨（豆）———丨（韵）丨丨丨（豆）丨丨——（句）—丨丨—丨（韵）

—｜（韵）｜｜｜（韵）｜｜｜｜—（句）｜｜—｜（韵）

｜—｜｜（韵）—｜——｜—｜（韵）—｜——｜｜（句）—｜

｜（豆）———｜（韵）｜｜｜（豆）—｜｜（句）｜—｜｜（韵）

例　一

旧时月色，算几番照我，梅边吹笛？唤起玉人，不管清寒与攀摘。何逊而今渐老，都忘却、春风词笔。但怪得、竹外疏花，香冷入瑶席。

江国，正寂寂。叹寄与路遥，夜雪初积。翠尊易泣，红萼无言耿相忆。长记曾携手处，千树压、西湖寒碧。又片片、吹尽也，几时见得？

——姜夔

例　二（红情）

无边香色，记涉江自采，锦机云密。剪剪红衣，学舞波心旧曾识。一见依然似语，流水远、几回空忆。看亭亭、倒影窥妆，玉润露痕湿。

闲立，翠屏侧。爱向人弄芳，背酣斜日。料应太液，三十六宫土花碧。清兴凌风更爽，无数满汀洲如昔。泛片叶、烟浪里，卧横紫笛。

——张炎

附注：词中平仄句豆，皆与“定格”小有出入，但多以入作平。如姜词“月色”此作“香色”，姜词“玉人”此作“红衣”，姜词“怪得”此作“亭亭”，姜词“香冷”此作“玉润”，姜词“寂寂”此作“屏侧”，姜词“夜雪”此作“背酣”，可悟宋词平仄出入及变仄韵格为平韵格，亦皆有其一定规矩，非可率意为之。

长亭怨慢

姜夔自度“中吕宫”曲。其小序云：“予颇喜自制曲，初率意为长短句，然后协以律，故前后阕多不同。桓大司马（桓温）云：‘昔年种柳，依依汉南。今看摇落，凄怆江潭。树犹如此，人何以堪！’此语予深爱之。”全阕九十七字，前片六仄韵，后片五仄韵。

定　格

丨一丨（豆）一一一丨（韵）丨丨一一（句）丨一一丨（韵）丨丨一一（句）丨一一丨（句）丨一丨（韵）丨一一丨（韵）一丨丨（豆）一一丨（韵）丨丨丨一一（句）丨丨丨（豆）一一一丨（韵）

丨丨（韵）丨一一丨丨（句）丨丨丨一一丨（韵）一一丨（句）丨（句）丨丨丨（豆）丨一一丨（韵）丨丨丨（豆）丨丨一一（句）

丨—丨（豆）———丨（韵）丨丨丨——（句）—丨———丨（韵）

例

渐吹尽、枝头香絮。是处人家，绿深门户。远浦萦回，暮帆零乱，向何许？阅人多矣，谁得似、长亭树？树若有情时，不会得、青青如此！

日暮，望高城不见，只见乱山无数。韦郎去也，怎忘得、玉环分付？第一是、早早归来，怕红萼、无人为主。算空有并刀，难剪离愁千缕。

——姜夔

附注：“渐”“向”“望”“怕”“算”五字定用去声。“远浦萦回，暮帆零乱”是四言对句，接以“向何许”三字紧束。“矣”“此”皆属第三部韵，与第四部同叶，盖用方音。

双双燕

始见史达祖《梅溪集》，即以咏双燕。九十八字，前片五仄韵，后片七仄韵。

定 格

｜—｜｜（句）｜—｜——（句）｜——｜（韵）——｜｜（句）｜｜｜——｜（韵）—｜——｜｜（韵）｜｜｜（豆）——｜｜（韵）——｜｜——（句）｜｜———｜（韵）

—｜（韵）——｜｜（韵）｜｜｜——（句）｜——｜（韵）———｜（句）｜｜｜——｜（韵）—｜——｜｜（韵）｜｜｜（豆）———｜（韵）—｜｜｜——（句）｜｜｜—｜｜（韵）

例

过春社了，度帘幕中间，去年尘冷。差池欲住，试入旧巢相并。还相雕梁藻井，又软语、商量不定。飘然快拂花梢，翠尾分开红影。

芳径，芹泥雨润。爱贴地争飞，竞夸轻俊。红楼归晚，看足柳昏花暝。应自栖香正稳，便忘了、天涯芳信。愁损翠黛双蛾，日日画阑独凭。

——史达祖（咏燕）

附注：首句句式是一、二、一，中间两字相连，等于辛弃疾《水龙吟》结句之“揾英雄泪”。“度”“爱”是领格字，例用去声。

宴山亭

一作《燕山亭》。以赵佶词为准。九十九字，前后片各五仄韵。

定格

＋丨——（句）—丨丨—（句）丨丨———丨（韵）—丨丨—（句）丨丨——（句）＋丨丨——丨（韵）丨丨——（句）丨—丨（豆）＋——丨（韵）—丨（韵）丨丨丨——（句）丨——丨（韵）

—丨—丨——（句）丨＋丨——（句）丨——丨（韵）——丨丨（句）丨丨——（句）——丨——丨（韵）丨丨——（句）＋＋丨（豆）＋——丨（韵）—丨（韵）—丨丨（豆）——丨丨（韵）

例

裁剪冰绡，轻叠数重，淡着燕脂匀注。新样靓妆，艳溢香融，羞杀蕊珠宫女。易得凋零，更多少、无情风雨。愁苦！问院落凄凉，几番春暮？

凭寄离恨重重，这双燕何曾，会人言语？天遥地远，万水千山，知他故宫何处？怎不思量，除梦里、有时曾去。无据，和梦也、新来不做。

——赵佶（北行见杏花）

念奴娇

又名《百字令》《酹江月》《大江东去》《壶中天》《湘月》。元稹《连昌宫词》自注："念奴，天宝中名倡，善歌。每岁楼下酺宴，累日之后，万众喧隘，严安之、韦黄裳辈辟易不能禁，众乐为之罢奏。玄宗遣高力士大呼于楼上曰：'欲遣念奴唱歌，邠二十五郎吹小管逐，看人能听否？'未尝不悄然奉诏。"（见《元氏长庆集》卷二十四）王灼《碧鸡漫志》卷五又引《开元天宝遗事》："念奴每执板当席，声出朝霞之上。"曲名本此。宋曲入"大石调"，复转入"道调宫"，又转入"高宫大石调"。此调音节高抗，英雄豪杰之士多喜用之。俞文豹《吹剑录》称："学士（指苏轼）词，须关西大汉，铜琵琶，铁绰板，唱《大江东去》。"亦其音节有然也。兹以《东坡乐府》为准，取"凭高眺远"一阕为定格，"大江东去"一阕为变格。一百字，前后片各四仄韵。其用以抒写豪壮感情者，宜用入声韵部。另有平韵一格，附著于后。

定格

＋－＋丨（句）丨－＋＋丨（句）＋－－丨（韵）＋丨＋－－丨丨（句）＋丨＋－－丨（韵）＋丨－－（句）＋－＋丨（句）＋丨－－丨（韵）＋－＋丨（句）丨－－丨＋丨（韵）

＋丨＋丨－－（句）＋－＋丨（句）＋丨－－丨（韵）＋丨＋－－丨丨（句）＋丨＋－－丨（韵）＋丨－－（句）＋－＋丨（句）＋丨－－丨（韵）＋－－丨（句）丨－－丨－丨（韵）

例 一

凭高眺远，见长空万里，云无留迹。桂魄飞来光射处，冷浸一天秋碧。玉宇琼楼，乘鸾来去，人在清凉国。江山如画，望中烟树历历。

我醉拍手狂歌，举杯邀月，对影成三客。起舞徘徊风露下，今夕不知何夕！便欲乘风，翻然归去，何用骑鹏翼。水晶宫里，一声吹断横笛。

——苏轼（中秋）

例 二

野棠花落，又匆匆过了，清明时节。刬地东风欺客梦，一枕银屏寒怯。曲岸持觞，垂杨系马，此地曾轻别。楼空人去，旧游飞燕能说。

闻道绮陌东头，行人长见，帘底纤纤月。旧恨春江流不尽，新恨云山千叠。料得明朝，尊前重见，镜里花难折。也应惊问，近来多少华发？

——辛弃疾（书东流村壁）

例 三

萧条庭院，又斜风细雨，重门须闭。宠柳娇花寒食近，种种恼人天气。险韵诗成，扶头酒醒，别是闲滋味。征鸿过尽，万千心事难寄。

楼上几日春寒，帘垂四面，玉阑干慵倚。被冷香消新梦觉，不许愁人不起。清露晨流，新桐初引，多少游春意！日高烟敛，更看今日晴未？

——李清照

附注：后片第三句，变作"丨———丨"之上三、下二句式。

变格一

丨——丨（句）丨—丨（豆）—丨———丨（韵）丨

丨——（句）—丨丨（豆）—丨——丨丨（韵）丨丨——（句）——

｜｜（句）｜｜——｜（韵）———｜（句）｜——｜—｜（韵）

—｜—｜——（句）｜——｜｜（句）———｜（韵）

｜｜——（句）—｜｜（豆）—｜———｜（韵）｜

｜——（句）———｜｜（句）｜——｜（韵）———｜（句）

｜——｜—｜（韵）

例　四

大江东去，浪淘尽、千古风流人物。故垒西边，人道是、三国周郎赤壁。乱石崩云，惊涛裂岸，卷起千堆雪。江山如画，一时多少豪杰！

遥想公瑾当年，小乔初嫁了，雄姿英发。羽扇纶巾，谈笑处、樯橹灰飞烟灭。故国神游，多情应笑我，早生华发。人间如梦，一尊还酹江月。

——苏轼（赤壁怀古）

例　五

洞庭青草，近中秋、更无一点风色。玉鉴琼田三万顷，着我扁舟一叶。素月分辉，明河共影，表里俱澄澈。悠然心会，妙处难与君说。

应念岭表经年，孤光自照，肝胆皆冰雪。短发萧骚襟袖冷，稳泛沧浪空阔。尽吸西江，细斟北斗，万象为宾客。扣舷独笑，不知今夕何夕？

——张孝祥（泛洞庭）

附注：前片第二句九字，又变作“丨——（豆）丨—丨丨—丨（韵）”，余与正格相仿。

变格二（平韵格）

丨——丨（句）丨———丨（句）—丨——（韵）丨丨———丨丨（句）—丨—丨——（韵）丨丨——（句）———丨（句）—丨丨——（韵）丨——丨（句）丨——丨——（韵）

—丨—丨——（句）———丨丨（句）—丨——（韵）丨丨———丨丨（句）丨丨—丨——（韵）丨丨——（句）———丨（句）—丨丨丨——（韵）丨——丨（句）丨——丨——（韵）

例　六

洞庭波冷，望冰轮初转，沧海沉沉。万顷孤光云阵卷，长笛吹破层阴。汹涌三江，银涛无际，遥带五湖深。酒阑歌罢，至今鼍怒龙吟。

回首江海平生，漂流容易散，佳会难寻。缥缈高城风露爽，独倚危槛重临。醉倒清尊，姮娥应笑，犹有向来心。广寒宫殿，为余聊借琼林。

——叶梦得（中秋燕客，有怀壬午岁吴江长桥）

绕佛阁

《清真集》入“大石调”，《梦窗词集》入“夹钟商”。一百字，前片八仄韵，后片六仄韵。

定　格

｜—｜｜（韵）—｜｜｜（句）—｜—｜（韵）—｜—｜（韵）｜—｜｜——｜—｜（韵）｜—｜｜（韵）—｜｜｜（句）—｜—｜（韵）—｜—｜（韵）｜—｜｜——｜—｜（韵）

｜｜｜—｜（句）｜｜———｜｜（韵）—｜｜————｜｜（韵）｜｜｜——（句）—｜—｜（韵）｜——｜（韵）｜｜｜——（句）—｜—｜（韵）｜——（豆）｜——｜（韵）

例

暗尘四敛，楼观迥出，高映孤馆。清漏将短，厌闻夜久签声动书幔。桂华又满，闲步露草，偏爱幽远。花气清婉。望中迤逦城阴度河岸。

倦客最萧索，醉倚斜桥穿柳线。还似汴堤虹梁横水面，看浪飐春灯，舟下如箭。此行重见。叹故友难逢，羁思（去声）空乱，两眉愁、向谁舒展？

——周邦彦（旅况）

绛都春

《梦窗词集》入“仙吕调”。兹以朱淑真咏梅词为准。一百字，前后片各六仄韵。前片第五句，后片第四句，皆以下句前四字与上句为对偶，与一般七言句有所不同。第二句第一字是领格，宜用去声字。

定　格

——｜｜（韵）｜｜｜｜—（句）———｜（韵）｜｜｜—（句）—｜————｜（韵）+—+｜——｜（韵）｜+｜（豆）———｜（韵）｜—+｜（句）——｜｜（句）｜——｜（韵）

—｜（韵）——｜｜（句）｜—｜（豆）｜｜———｜（韵）｜｜｜—（句）+｜————｜（韵）+——｜——｜（韵）｜+

丨（豆）十一十丨（韵）丨一十丨一一（句）丨一丨丨（韵）

例

寒阴渐晓。报驿使探春，南枝开早。粉蕊弄香，芳脸凝酥琼枝小。雪天分外精神好，向白玉堂前应到。化工不管，朱门闭也，暗传音耗。

轻渺，盈盈笑靥，称娇面、爱学宫妆新巧。几度醉吟，独倚阑干黄昏后，月笼疏影横斜照。更莫待、笛声吹老。便须折取归来，胆瓶插了。

——朱淑真（梅）

桂枝香

又名《疏帘淡月》。兹以王安石《临川先生歌曲》为准。一百一字。前后片各五仄韵，宜用入声部韵。前后片第二句第一字并是领格，宜用去声字。

定 格

一一丨丨（韵）丨丨十一（句）十十一丨（韵）十丨一一十丨（句）丨一一丨（韵）十一十丨一一丨（句）丨一一（豆）十一一

丨（韵）丨——丨（句）＋—＋丨（句）丨——丨（韵）

丨＋＋（豆）——丨丨（韵）丨＋＋—＋（句）＋＋—丨（韵）
＋丨——＋丨（句）丨——丨（韵）＋—＋丨——丨（句）丨——
＋丨—丨（韵）丨——丨（句）＋—＋丨（句）丨——丨（韵）

例

登临送目，正故国晚秋，天气初肃。千里澄江似练，翠峰如簇。征帆去棹残阳里，背西风、酒旗斜矗。彩舟云淡，星河鹭起，画图难足。

念往昔、豪华竞逐。叹门外楼头，悲恨相续。千古凭高对此，漫嗟荣辱。六朝旧事随流水，但寒烟衰草凝绿。至今商女，时时犹唱，后庭遗曲。

——王安石

翠楼吟

姜夔自度“双调”曲。其小序云：“淳熙丙午冬，武昌安远楼成，与刘去非诸友落之，度曲见志。予去武昌十年，故人有泊舟鹦鹉洲者，闻小姬歌此词，问之，颇能道其事；还吴，为予言之。兴怀昔游，且伤今之离索也。”（见《白石道人歌曲》卷四）一百一字，前片六仄韵，后片七仄韵。前后片第七句第一字是领格，宜用去声。后片第二句是上一、下四句式。

定格

丨丨——（句）——丨丨（句）——丨丨—丨（韵）———丨丨（句）丨—丨———丨（韵）———丨（韵）丨丨丨——（句）———丨（韵）——丨（韵）丨——丨（句）丨——丨（韵）

丨丨（韵）—丨——（句）丨丨——丨（句）丨——丨（韵）丨——丨丨（句）丨—丨———丨（韵）———丨（韵）丨丨丨——（句）———丨（韵）——丨（韵）丨——丨（句）丨——丨（韵）

例

月冷龙沙，尘清虎落，今年汉酺初赐。新翻胡部曲，听毡幕元戎歌吹。层楼高峙。看槛曲萦红，檐牙飞翠。人姝丽，粉香吹下，夜寒风细。

此地，宜有词仙，拥素云黄鹤，与君游戏。玉梯凝望久，叹芳草萋萋千里。天涯情味。仗酒祓清愁，花销英气。西山外，晚来还卷，一帘秋霁。

——姜夔

霓裳中序第一

姜夔所填“商调”曲。其小序云：“丙午岁，留长沙，登祝融，因得其祠神之曲，曰《黄帝盐》《苏合香》；又于乐工故书中得《商调·霓裳曲》十八阕，皆虚谱无辞。按沈氏（括）《乐律》（《梦溪笔谈》），《霓裳》‘道调’，此乃‘商调’。乐天诗（白居易《霓裳羽衣歌曲》）云‘散序六阕’，此特两阕，未知孰是？然音节闲雅，不类今曲。予不暇尽作，作‘中序’一阕，传于世。予方羁游，感此古音，不自知其辞之怨抑也。”（见《白石道人歌曲》卷三，附曲谱）一百一字，前片七仄韵，后片八仄韵，例用入声部韵。前片第四句第一字是领格，宜用去声。

定　格

——｜｜｜（韵）｜｜———｜｜（韵）—｜｜—｜｜（韵）｜—｜｜—（句）———｜（韵）——｜｜（韵）｜｜——｜—｜（韵）——｜（句）｜—｜｜（句）｜｜｜—｜（韵）

—｜（韵）｜——｜（韵）｜｜｜——｜｜（韵）———｜｜｜（韵）｜｜——（句）｜｜—｜（韵）｜——｜｜（韵）｜｜

丨——丨丨（韵）——丨（句）———丨（句）丨丨丨—丨（韵）

例

亭皋正望极，乱落江莲归未得。多病却无气力，况纨扇渐疏，罗衣初索。流光过隙，叹杏梁双燕如客。人何在？一帘淡月，仿佛照颜色。

幽寂，乱蛩吟壁，动庾信清愁似织。沉思年少浪迹，笛里关山，柳下坊陌。坠红无信息，漫暗水涓涓溜碧。飘零久，而今何意？醉卧酒垆侧。

——姜夔

水龙吟

又名《龙吟曲》《庄椿岁》《小楼连苑》。《清真集》入“越调”。各家格式出入颇多，兹以历来传诵苏、辛两家之作为准。一百二字，前后片各四仄韵。又第九句第一字并是领格，宜用去声。结句宜用上一、下三句法，较二、三句式收得有力。

定格

丨—+丨——（句）+—+丨——丨（韵）+—丨丨（句）+—+丨（句）+—+丨（韵）+丨——（句）+—+丨（句）+——丨（韵）丨+—+丨（句）+—+丨（句）+—丨（句）——丨（韵）

+丨+—+丨（句或韵）丨——（豆）+——丨（韵）+—+丨（句）+——丨（句）+——丨（韵）+丨——（句）+—+丨（句）+——丨（韵）丨——丨丨（句）+—+丨（句）丨——丨（韵）

附注：开端有用上七、下六句式者。格为“+——丨——丨（句）+丨+——丨（韵）”，余与正格相仿。

例 一

似花还似非花，也无人惜从教坠。抛家傍路，思量却是，无情有思。萦损柔肠，困酣娇眼，欲开还闭。梦随风万里，寻郎去处，又还被，莺呼起。

不恨此花飞尽，恨西园、落红难缀。晓来雨过，遗踪何在，一池萍碎。春色三分，二分尘土，一分流水。细看来不是，杨花点点，是离人泪。

——苏轼（次韵章质夫杨花词）

例 二

楚天千里清秋，水随天去秋无际。遥岑远目，献愁供恨，玉簪螺髻。落日楼头，断鸿声里，江南游子。把吴钩看了，栏杆拍遍，无人会，登临意。

休说鲈鱼堪脍，尽西风、季鹰归未？求田问舍，怕应羞见，刘郎才气。可惜流年，忧愁风雨，树犹如此！倩何人唤取，红巾翠袖，揾英雄泪。

——辛弃疾（登建康赏心亭）

例 三

闹花深处层楼，画帘半卷东风软。春归翠陌，平莎茸嫩，垂杨金浅。迟日催花，淡云阁雨，轻寒轻暖。恨芳菲世界，游人未赏，都付与，莺和燕。

寂寞凭高念远，向南楼、一声归雁。金钗斗草，青丝勒马，风流云散。罗绶分香，翠绡封泪，几多幽怨？正销魂又是，疏烟淡月，子规声断。

——陈亮（春恨）

例 四（变格）

霜寒烟冷蒹葭老，天外征鸿嘹唳。银河秋晚，长门灯悄，一声初至。应念潇湘，岸遥人静，水多菰米。乍望极平田，徘徊欲下，依前被，风惊起。

须信衡阳万里，有谁家、锦书遥寄？万重云外，斜行横阵，才疏又缀。仙掌月明，石头城下，影摇寒水。念征衣未捣，佳人拂杵，有盈盈泪。

——苏轼（雁）

石州慢

一作《石州引》，《宋史·乐志》入“越调”。一百二字，前片四仄韵，后片五仄韵，宜用入声韵部，两结句并用上一、下四句法。又有于后片第五、六两句作上六、下四者，附为变格。

定　格

＋｜——（句）—｜｜—（句）—｜—｜（韵）——＋｜——（句）｜｜＋——｜（韵）＋—＋｜（句）｜＋＋｜——（句）＋—＋｜——｜（韵）＋｜｜——（句）｜———｜（韵）

—｜（韵）＋——｜（句）＋｜——（句）｜——｜（韵）

＋｜——（句）｜｜———｜（韵）＋—＋｜（句）｜＋＋｜——（句）＋—＋｜——｜（韵）＋｜｜——（句）｜———｜（韵）

附注：前片第二、三句亦作“｜——｜（句）｜——｜（韵）”，如第二例。其变格则后片第五句为“—｜｜——｜”，第六句为“———｜”，如第三例。

例 一

薄雨收寒，斜照弄晴，春意空阔。长亭柳蓓才黄，倚马何人先折？烟横水漫，映带几点归鸿，平沙销尽龙荒雪。犹记出关来，恰如今时节。

将发，画楼芳酒，红泪清歌，便成轻别。回首经年，杳杳音尘都绝。欲知方寸，共有几许新愁？芭蕉不展丁香结。憔悴一天涯，两厌厌风月。

——贺铸

例 二

雨急云飞，瞥然惊散，暮天凉月。谁家疏柳低迷，几点流萤明灭。夜帆风驶，满湖烟水苍茫，菰蒲零乱秋声咽。梦断酒醒时，倚危樯清绝。

心折，长庚光怒，群盗纵横，逆胡猖獗。欲挽天河，一洗中原膏血。两宫何处？塞垣只隔长江，唾壶空击悲歌缺。万里想龙沙，泣孤臣吴越。

——张元幹（己酉秋吴兴舟中）

例　三（变格）

寒水依痕，春意渐回，沙际烟阔。溪梅晴照生香，冷蕊数枝争发。天涯旧恨，试看几许销魂？长亭门外山重叠。不尽眼中青，是愁来时节。

情切，画楼深闭，想见东风，暗销肌雪。辜负枕前云雨，尊前花月。心期切处，更有多少凄凉，殷勤留与归时说。到得再相逢，恰经年离别。

——张元幹

瑞鹤仙

《清真集》《梦窗词集》并入“高平调”。各家句豆出入颇多，兹列周邦彦、辛弃疾、张枢三格。一百二字，前片七、后片五或六仄韵。第一格起句及结句倒数第二句，皆上一、下四句式。第三格后片增一字。

格　一

｜——｜｜（韵）—｜｜（豆）｜｜——｜｜（韵）——｜—｜（韵）｜———｜（句）———｜（韵）——｜｜（韵）｜｜—（豆）—｜｜｜（韵）｜——｜｜（句）—｜｜—（句）｜｜—｜（韵）

｜｜——｜｜（句）｜｜——（句）｜——｜（韵）——｜｜（韵）——｜（句）｜—｜（韵）｜——｜｜（句）———｜（句）———｜｜｜（韵）｜——｜｜（句）—｜｜—｜｜（韵）

例　一

悄郊原带郭，行路永、客去车尘漠漠。斜阳映山落，敛余红犹恋，孤城阑角。凌波步弱，过短亭、何用素约？有流莺劝我，重解绣鞍，缓引春酌。

不记归时早暮，上马谁扶？醒眠朱阁。惊飙动幕，扶残醉，绕红药。叹西园已是，花深无地，东风何事又恶？任流光过却，犹喜洞天自乐。

——周邦彦

格　二

｜——｜｜（韵）｜｜｜——（句）｜——｜（韵）——｜—｜（韵）｜——｜｜（句）｜——｜（韵）｜—｜｜（韵）｜——（豆）——｜｜（韵）｜——（豆）｜｜——（句）｜｜｜——｜（韵）

｜｜（韵）———｜（句）｜｜——（句）｜——｜（韵）——｜｜（韵）——｜｜—｜（韵）｜｜—（豆）｜｜——｜｜（句）—｜——｜｜（韵）｜——（豆）｜｜——（句）｜—｜｜（韵）

例　二

雁霜寒透幕。正护月云轻，嫩冰犹薄。溪奁照梳掠。想含香弄粉，艳妆难学。玉肌瘦弱，更重重、龙绡衬著。倚东风、一笑嫣然，转盼万花羞落。

寂寞。家山何在？雪后园林，水边楼阁。瑶池旧约，鳞鸿更仗谁托？粉蝶儿、只解寻桃觅柳，开遍南枝未觉。但伤心、冷落黄昏，数声画角。

——辛弃疾（赋梅）

格　三

丨——丨丨（韵）丨丨丨——（句）———丨（韵）——丨—丨（韵）丨——（豆）—丨丨——丨（韵）——丨丨（韵）丨丨丨（豆）——丨丨（韵）丨丨—（豆）丨丨——（句）丨丨丨——丨（韵）

—丨（韵）——丨丨（句）丨丨——（句）丨——丨（韵）——丨丨（韵）——丨（豆）—丨—丨（韵）丨丨—（豆）丨丨丨—丨丨（句）丨丨——丨丨（韵）丨——（豆）丨丨——（句）丨—丨丨（韵）

例　三

卷帘人睡起。放燕子归来，商量春事。风光又能几？减芳菲、都在卖花声里。吟边眼底，被嫩绿、移红换紫。甚等闲、半委东风，半委小溪流水。

还是，苔痕湔雨，竹影留云，待晴犹未。兰舟静舣，西湖上、多少歌吹？粉蝶儿、守定落花不去，湿重寻香两翅。怎知人、一点新愁，寸心万里。

——张枢

宴清都

《清真集》《梦窗词集》并入“中吕调”。兹以吴文英词为准。一百二字，前片五仄韵，后片四仄韵。后片第六句是上一、下三句式。

定　格

｜｜——｜（韵）——｜（豆）｜——｜—｜（韵）———｜（句）——｜｜（句）｜——｜（韵）——｜｜——（句）｜｜｜（豆）——｜｜（韵）｜｜｜（豆）｜｜——（句）——｜｜—｜（韵）

——｜｜——（句）——｜｜（句）—｜—｜（韵）——｜｜（句）——｜｜（句）｜——｜（韵）——｜——｜（句）｜｜｜（豆）——｜｜（韵）｜｜—（豆）｜｜——（句）——｜｜（韵）

例

绣幄鸳鸯柱。红情密、腻云低护秦树。芳根兼倚，花梢钿合，锦屏人妒。东风睡足交枝，正梦枕、瑶钗燕股。障滟蜡、满照欢丛，嫠蟾冷落羞度。

人间万感幽单，华清惯浴，春盎风露。连鬟并暖，同心共结，向承恩处。凭谁为歌长恨，暗殿锁、秋灯夜语。叙旧期、不负春盟，红朝翠暮。

——吴文英（连理海棠）

齐天乐

又名《台城路》《五福降中天》《如此江山》。《清真集》《白石道人歌曲》《梦窗词集》并入“正宫”（“黄钟宫”）。兹以姜词为准。一百二字，前后片各六仄韵。前片第七句、后片第八句第一字是领格，例用去声。亦有前后片首句有不用韵者，如第二例。

定　格

丨——丨——丨（句或韵）——丨——丨（韵）丨丨——（句）——丨丨（句）—丨———丨（韵）——丨丨（韵）丨—丨——（句）丨——丨（韵）丨丨——（句）丨—＋丨丨—丨（韵）

——丨—丨丨（句或韵）丨——丨丨（句）—丨—丨（韵）丨——（句）——丨丨（句）＋丨——＋丨（韵）——丨丨（韵）

＋｜——（句）｜——｜（韵）｜｜——（句）｜——｜｜（韵）

附注：过片一作“———｜｜｜”，如例二。

例　一

庚郎先自吟愁赋，凄凄更闻私语。露湿铜铺，苔侵石井，都是曾听伊处。哀音似诉。正思妇无眠，起寻机杼。曲曲屏山，夜凉独自甚情绪？

西窗又吹暗雨。为谁频断续，相和砧杵？候馆迎秋，离宫吊月，别有伤心无数。豳诗漫与。笑篱落呼灯，世间儿女。写入琴丝，一声声更苦。

——姜夔（蟋蟀）

例　二

绿槐千树西窗悄，厌厌昼眠惊起。饮露身轻，吟风翅薄，半剪冰绡谁寄？凄凉倦耳。漫重拂琴丝，怕寻冠珥。短梦深宫，向人犹自诉憔悴。

残虹收尽过雨，晚来频断续，都是秋意。病叶难留，纤柯易老，空忆斜阳身世。窗明月碎。甚已绝余香，尚遗枯蜕？鬓影参差，断魂青镜里。

——王沂孙（蝉）

雨霖铃

唐教坊曲，《乐章集》入“双调”。《乐府杂录》：“《雨霖铃》，明皇自西蜀返，乐人张野狐所制。”《碧鸡漫志》卷五引《明皇杂录》及《杨妃外传》云：“帝幸蜀，初入斜谷，霖雨弥旬，栈道中闻铃声。帝方悼念贵妃，采其声为《雨淋铃曲》以寄恨。时梨园弟子惟张野狐一人，善筚篥，因吹之，遂传于世。”《漫志》又称：“今双调《雨淋铃慢》，颇极哀怨，真本曲遗声。”一百三字，前后片各五仄韵，例用入声部韵。前片第二、五句是上一、下三，第八句是上一、下四句式，第一字宜用去声。

定　格

———｜（韵）｜——｜（句）｜｜—｜（韵）——｜｜—｜（句）——｜｜（句）———｜（韵）｜｜——｜｜（句）｜—｜—｜（韵）｜｜｜（豆）—｜——（句）｜｜——｜—｜（韵）

——｜｜——｜（韵）｜——（豆）｜｜——｜（韵）——｜｜—｜（句）—｜｜（豆）｜——｜（韵）｜｜——（句）—｜（豆）——｜｜—｜（韵）｜｜｜（豆）—｜——（句）｜｜——｜（韵）

例

寒蝉凄切，对长亭晚，骤雨初歇。都门帐饮无绪，方留恋处，兰舟催发。执手相看泪眼，竟无语凝噎。念去去、千里烟波，暮霭沉沉楚天阔。

多情自古伤离别，更那堪、冷落清秋节！今宵酒醒何处？杨柳岸、晓风残月。此去经年，应是、良辰好景虚设。便纵有、千种风情，更与何人说？

——柳永

眉妩

一名《百宜娇》。《词律》以王沂孙《碧山词》为准，与《白石道人歌曲》过片处用短韵及结句用三、三句式，稍有出入。一百三字，前片五仄韵，后片六仄韵。前片第一句，后片第二句及结尾倒数第二句所有第一字并是领格，宜用去声。

定格

丨———丨（句）丨丨——（句）—丨丨—丨（韵）丨丨——丨（句）——丨（句）———丨—丨（韵）丨—丨丨（韵）丨—（豆）—丨—丨（韵）丨—丨（豆）丨丨——丨（句）丨—丨—

|（韵）

—|———|（韵）||—+|（句）—|—|（韵）+|——|（句）——|（豆）———|—|（韵）|—||（韵）||—（豆）—|—|（韵）|—|——（句）—||—||（韵）

例

渐新痕悬柳，澹彩穿花，依约破初暝。便有团圆意，深深拜，相逢谁在香径？画眉未稳，料素娥、犹带离恨。最堪爱、一曲银钩小，宝帘挂秋冷。

千古盈亏休问。叹漫磨玉斧，难补金镜。太液池犹在，凄凉处、何人重赋清景？故山夜永，试待他、窥户端正。看云外山河，还老桂花旧影。

——王沂孙（新月）

永遇乐

《乐章集》入“歇指调”。晁补之《琴趣外篇》卷一于“消息”之下注：“自过腔，即《越调永遇乐》。”兹以苏、辛词为准。一百四字，前后片各四仄韵。

定格

—｜——（句）+——｜（句）—｜—｜（韵）｜｜——（句）——｜｜（句）｜｜——｜（韵）+—+｜（句）——｜｜（句）+｜｜——｜（韵）｜——（豆）——+｜（句）｜—++—｜（韵）

——｜｜（句）———｜（句）+｜+—+｜（韵）｜｜——（句）+——｜（句）—｜——｜（韵）｜——｜（句）+—+｜（句）+｜+—+｜（韵）+—｜（豆）——｜｜（句）｜—｜｜（韵）

例 一

明月如霜，好风如水，清景无限。曲港跳鱼，圆荷泻露，寂寞无人见。紞如三鼓，铿然一叶，黯黯梦云惊断。夜茫茫、重寻无处，觉来小园行遍。

天涯倦客，山中归路，望断故园心眼。燕子楼空，佳人何在？空锁楼中燕。古今如梦，何曾梦觉？但有旧欢新怨。异时对、黄楼夜景，为余浩叹。

——苏轼（彭城夜宿燕子楼，梦盼盼，因作此词）

例　二

千古江山，英雄无觅，孙仲谋处。舞榭歌台，风流总被，雨打风吹去。斜阳草树，寻常巷陌，人道寄奴曾住。想当年、金戈铁马，气吞万里如虎。

元嘉草草，封狼居胥（读上声），赢得仓皇北顾。四十三年，望中犹记，烽火扬州路。可堪回首，佛狸祠下，一片神鸦社鼓。凭谁问、廉颇老矣，尚能饭否？

——辛弃疾（京口北固亭怀古）

二郎神

唐教坊曲，《乐章集》入“林钟商”。徐伸词名《转调二郎神》。兹以柳词为准，一百四字，前后片各五仄韵。结尾倒数第三句第一字是领格，宜用去声。

定　格

——｜（韵）｜｜｜（豆）———｜（韵）｜｜｜———｜｜（句）——｜（豆）｜——｜（韵）—｜———｜｜（句）｜｜｜（豆）——｜｜（韵）｜｜｜（豆）——｜｜（句）｜｜———｜（韵）

—丨（韵）——丨丨（句）丨——丨（韵）丨丨丨———丨
丨（句）—丨丨（豆）———丨（韵）丨丨———丨丨（句）丨—
丨（豆）——丨丨（韵）丨—丨——（句）丨丨——（句）———
丨（韵）

例

炎光谢，过暮雨、芳尘轻洒。乍露冷风清庭户爽，天如水、玉钩遥挂。应是星娥嗟久阻，叙旧约、飙轮欲驾。极目处、微云暗度，耿耿银河高泻。

闲雅，须知此景，古今无价。运巧思穿针楼上女，抬粉面、云鬟相亚。钿合金钗私语处，算谁在、回廊影下？愿天上人间，占得欢娱，年年今夜。

——柳永（七夕）

拜星月慢

唐教坊曲，《宋史·乐志》入“般涉调”，《清真集》入“高平调”。一百四字，前片四仄韵，后片六仄韵。前片第五句及结句，后片第四句及结句，皆上一、下四句式。

定 格

｜｜——（句）———｜（句）｜｜——｜｜（韵）｜｜——（句）｜———｜（韵）｜—｜（句）｜｜（豆）——｜｜—｜（句）｜｜———｜（韵）｜｜——（句）｜———｜（韵）

｜——（豆）｜｜——｜（韵）——｜（豆）｜｜——｜（韵）｜｜｜｜——（句）｜———｜（韵）｜——（豆）｜｜——｜（韵）——｜（豆）｜｜——｜（韵）｜｜｜（豆）｜｜——（句）｜——｜｜（韵）

例

夜色催更，清尘收露，小曲幽坊月暗。竹槛灯窗，识秋娘庭院。笑相遇，似觉、琼枝玉树相倚，暖日明霞光烂。水盼兰情，总平生稀见。

画图中、旧识春风面。谁知道、自到瑶台畔，眷恋雨润云温，苦惊风吹散。念荒寒、寄宿无人馆，重门闭、败壁秋虫叹。怎奈向、一缕相思，隔溪山不断。

——周邦彦

西　河

《碧鸡漫志》卷五引《脞说》："大历初，有乐工取古《西河长命女》加减节奏，颇有新声。"又称："《大石调·西河慢》声犯正平，极奇古。"《清真集》入"大石"，当即此曲。一百五字，分三段，第一、二段各四仄韵，第三段五仄韵。

定　格

—｜｜（韵）——｜｜—｜（韵）——｜｜｜——（句）｜—｜｜（韵）｜—｜｜｜——（句）———｜—｜（韵）

｜—｜（句）—｜｜（韵）｜—｜｜—｜（韵）——｜｜｜——（句）｜—｜｜（韵）｜—｜｜｜——（句）———｜—｜（韵）

｜—｜｜｜｜｜（韵）｜——（豆）—｜—｜（韵）｜｜｜——｜（韵）｜——｜｜———｜（韵）—｜—————｜（韵）

例

佳丽地，南朝盛事谁记？山围故国绕清江，髻鬟对起。怒涛寂寞打孤城，风樯遥度天际。

断崖树，犹倒倚，莫愁艇子曾系。空余旧迹郁苍苍，雾沉半垒。夜深月过女墙来，伤心东望淮水。

酒旗戏鼓甚处市？想依稀、王谢邻里。燕子不知何世，向寻常巷陌人家相对，如说兴亡斜阳里。

——周邦彦（金陵怀古）

西吴曲

《词谱》云："调见《龙洲集》。"今所传《龙洲词》无之。可能为刘过自度，音节极苍凉激楚。一百五字，前片五仄韵，后片四仄韵。

定　格

｜——｜｜—｜（韵）｜——｜｜｜—｜（韵）｜——｜｜（句）———｜—｜（韵）｜｜——（句）—｜｜———｜（韵）｜｜｜—｜——（句）｜｜｜｜——｜（韵）

｜——｜（句）—｜｜——（句）——｜—｜｜（韵）｜｜（韵）｜——｜——（句）———｜（句）｜｜——｜｜（韵）———｜（句）｜｜｜｜——（句）—｜｜——（句）—｜｜—｜（韵）

例

说襄阳旧事重省，记铜驼巷陌醉还醒。笑莺花别后，刘郎憔悴萍梗。倦客天涯，还买个西风轻艇。便欲访骑马山翁，问岘首那时风景。

楚王城里，知几度经过，摩挲故宫柳瘿。漫吊景。冷烟衰草凄迷，伤心兴废，赖有阳春古郢。乾坤谁望，六百里路中原，空老尽英雄，肠断剑锋冷。

——刘过（怀襄阳）

望远行

唐教坊曲，原只小令，《金奁集》入“中吕宫”。北宋演为慢调，《乐章集》入“仙吕调”，又入“中吕调”，句豆小有出入。兹以“仙吕调”一曲为准。一百六字，前片四仄韵，后片五仄韵。结尾倒数第二句第一字是领格，宜用去声。

定　格

——｜｜（句）——｜（豆）｜｜———｜（韵）｜——｜（句）｜｜——（句）｜｜｜——｜（韵）｜｜——（句）—｜｜——｜（句）—｜｜——｜（韵）｜——（豆）—｜——｜

｜（韵）

—｜（韵）—｜｜—｜｜（句）｜｜｜（豆）｜——｜（韵）｜｜｜—（句）｜—｜｜（句）—｜｜——｜（韵）—｜———｜（句）———｜（句）｜｜———｜（韵）｜｜——｜（句）———｜（韵）

例

长空降瑞，寒风剪、淅淅瑶花初下。乱飘僧舍，密洒歌楼，迤逦渐迷鸳瓦。好是渔人，披得一蓑归去，江上晚来堪画。满长安、高却旗亭酒价。

幽雅，乘兴最宜访戴，泛小棹、越溪潇洒。皓鹤夺鲜，白鹇失素，千里广铺寒野。须信幽兰歌断，彤云收尽，别有瑶台琼榭。放一轮明月，交光清夜。

——柳永

疏 影

姜夔自度"仙吕宫"曲。张炎以咏荷叶，改名《绿意》。兹以姜词为准。一百十字，前片五仄韵，后片四仄韵，例用入声部韵。

定 格

— — | |（韵）| | — | |（句）— | — |（韵）| | — —（句）— | — —（句）— — | | — |（韵）— — | | — — |（句）| | |（豆）— — — |（韵）| | —（豆）| | — —（句）| | | — — |（韵）

— | — — | |（句）| — | | |（句）— | — |（韵）| | — —（句）| | — —（句）| | — — — |（韵）— — | | — — |（句）| | |（豆）| — — |（韵）| | —（豆）— | — —（句）| | | — — |（韵）

例 一

苔枝缀玉，有翠禽小小，枝上同宿。客里相逢，篱角黄昏，无言自倚修竹。昭君不惯胡沙远，但暗忆、江南江北。想佩环、月夜归来，化作此花幽独。

犹记深宫旧事，那人正睡里，飞近蛾绿。莫似春风，不管盈盈，早与安排金屋。还教一片随波去，又却怨、玉龙哀曲。等恁时、重觅幽香，已入小窗横幅。

——姜夔

例　二（绿意）

碧圆自洁。向浅洲远渚，亭亭清绝。犹有遗簪，不展秋心，能卷几多炎热？鸳鸯密语同倾盖，且莫与、浣纱人说。恐怨歌、忽断花风，碎却翠云千叠。

回首当年汉舞，怕飞去、漫皱留仙裙褶。恋恋青衫，犹染枯香，还笑鬓丝飘雪。盘心清露如铅水，又一夜、西风吹折。喜静看、匹练秋光，倒泻半湖明月。

——张炎（绿意）

摸鱼儿

一名《摸鱼子》，又名《买陂塘》《迈陂塘》《双蕖怨》。唐教坊曲。宋词以《晁氏琴趣外篇》所收为最早，兹即取为准则。一百十六字，前片六仄韵，后片七仄韵。前第四、后第五韵，定十字一气贯注，有作上三、下七，亦有以一字领四言一句，五言一句者，可以不论。双结倒数第三句第一字皆领格，宜用去声。

定 格

丨——（豆）丨——丨（句）———丨—丨（韵）+——丨——丨（句）—丨丨——丨（韵）—丨丨（韵）丨+丨（豆）+—+丨——丨（韵）+—+丨（韵）丨丨丨——（句）+—+丨（句）+丨丨—丨（韵）

——丨（句）+丨——丨丨（韵）———丨—丨（韵）+—+丨——丨（句）+丨+——丨（韵）—丨丨（韵）丨+丨（豆）+—+丨——丨（韵）+—+丨（韵）丨丨丨——（句）+—+丨（句）+丨丨—丨（韵）

例 一

买陂塘、旋栽杨柳，依稀淮岸江浦。东皋嘉雨新痕涨，沙觜鹭来鸥聚。堪爱处，最好是、一川夜月光流渚。无人独舞。任翠幄张天，柔茵藉地，酒尽未能去。

青绫被，休忆金闺故步，儒冠曾把身误。弓刀千骑成何事？荒了邵平瓜圃。君试觑，满青镜、星星鬓影今如许！功名浪语。便似得班超，封侯万里，归计恐迟暮。

——晁补之（东皋寓居）

例　二

更能消、几番风雨，匆匆春又归去。惜春长恨花开早，何况落红无数。春且住！见说道、天涯芳草无归路。怨春不语。算只有殷勤，画檐蛛网，尽日惹飞絮。

长门事，准拟佳期又误。蛾眉曾有人妒。千金纵买相如赋，脉脉此情谁诉？君莫舞！君不见、玉环飞燕皆尘土。闲愁最苦。休去倚危阑，斜阳正在，烟柳断肠处。

——辛弃疾（淳熙己亥，自湖北漕移湖南，同官王正之置酒小山亭，为赋）

附注：“休去倚危阑”改上一、下四为上二、下三句式，着重在第二字，故第一字可用平声。

贺新郎

又名《金缕曲》《乳燕飞》《貂裘换酒》。传作以《东坡乐府》所收为最早，惟句豆平仄，与诸家颇多不合。因以《稼轩长短句》为准。一百十六字，前后片各六仄韵。大抵用入声部韵者较激壮，用上、去声部韵者较凄郁，贵能各适物宜耳。

定 格

＋丨——丨（韵）丨——（豆）＋—＋丨（句）丨——丨（韵）＋丨＋——＋丨（句）＋丨——＋丨（韵）＋丨丨（豆）——＋丨（韵）＋丨＋——＋丨（句）丨＋—＋丨——丨（韵）＋丨丨（句）丨—丨（韵）

＋—＋丨——丨（韵）丨——（豆）＋—＋丨（句）丨——丨（韵）＋丨＋——＋丨（句）＋丨——＋丨（韵）＋丨丨（豆）——＋丨（韵）＋丨＋——＋丨（句）丨＋＋＋丨——丨（韵）＋丨丨（句）丨—丨（韵）

例 一

绿树听鹈鴂。更那堪、鹧鸪声住，杜鹃声切。啼到春归无寻处，苦恨芳菲都歇。算未抵、人间离别。马上琵琶关塞黑，更长门翠辇辞金阙。看燕燕，送归妾。

将军百战身名裂。向河梁、回头万里，故人长绝。易水萧萧西风冷，满座衣冠似雪。正壮士、悲歌未彻。啼鸟还知如许恨，料不啼清泪长啼血。谁共我，醉明月？

——辛弃疾（别茂嘉十二弟）

例 二

睡起流莺语。掩苍苔、房栊向晚，乱红无数。吹尽残花无人见，惟有垂杨自舞。渐暖霭、初回轻暑。宝扇重寻明月影，暗尘侵上有乘鸾女。惊旧恨，遽如许！

江南梦断横江渚。浪黏天、葡萄涨绿，半空烟雨。无限楼前沧波意，谁采蘋花寄取？但怅望、兰舟容与。万里云帆何时到？送孤鸿目断千山阻。谁为我，唱金缕？

——叶梦得

例 三

梦绕神州路。怅秋风、连营画角，故宫离黍。底事昆仑倾砥柱，九地黄流乱注？聚万落千村狐兔。天意从来高难问，况人情老易悲难诉。更南浦，送君去。

凉生岸柳催残暑。耿斜河、疏星淡月，断云微度。万里江山知何处？回首对床夜语。雁不到、书成谁与？目尽青天怀今古，肯儿曹恩怨相尔汝？举大白，听金缕。

——张元幹（送胡邦衡待制赴新州）

例 四

湛湛长空黑。更那堪、斜风细雨，乱愁如织。老眼平生空四海，赖有高楼百尺，看浩荡千崖秋色。白发书生神州泪，尽凄凉不向牛山滴。追往事，去无迹。

少年自负凌云笔。到而今、春华落尽，满怀萧瑟。常恨世人新意少，爱说南朝狂客，把破帽年年拈出。若对黄花孤负酒，怕黄花也笑人岑寂。鸿北去，日西匿。

——刘克庄（九日）

兰陵王

《碧鸡漫志》卷四引《北齐史》及《隋唐嘉话》称：“齐文襄之子长恭，封兰陵王。与周师战，尝着假面对敌，击周师金墉城下，勇冠三军。武士共歌谣之，曰《兰陵王入阵曲》。今《越调·兰陵王》，凡三段，二十四拍。或曰遗声也。此曲声犯正宫，管色用大凡字、大一字、勾字，亦名‘大犯’。”《清真集》正入“越调”。毛幵《樵隐笔录》：“绍兴初，都下盛行周清真咏柳《兰陵王慢》，西楼南瓦皆歌之，谓之《渭城三叠》。以周词凡三换头，至末段，声尤激越，惟教坊老笛师能倚之以节歌者。”此曲音节，犹可于周词反复吟咏得之。一百三十字，分三段。第一段七仄韵，第二段五仄韵，第三段六仄韵，宜用入声部韵。

定格

｜—｜（韵）—｜——｜｜（韵）——｜（句）—｜｜—（句）｜｜——｜—｜（韵）——｜｜｜（韵）—｜（韵）——｜｜（韵）——｜（句）—｜｜—（句）—｜——｜—｜（韵）

——｜—｜（韵）｜｜｜——（句）—｜—｜（韵）———｜——｜（韵）—｜｜—｜（句）｜——｜（句）———｜｜｜｜（韵）｜—｜—｜（韵）

—｜（韵）｜—｜（韵）｜｜｜——（句）—｜—｜（韵）——｜｜——｜（韵）｜｜｜—｜（句）｜——｜（韵）———｜（句）｜｜｜（句）｜｜｜（韵）

例 一

柳阴直，烟里丝丝弄碧。隋堤上，曾见几番，拂水飘绵送行色？登临望故国。谁识，京华倦客？长亭路，年来岁去，应折柔条过千尺。

闲寻旧踪迹。又酒趁哀弦，灯照离席。梨花榆火催寒食。愁一箭风快，半篙波暖，回头迢递便数驿，望人在天北。

凄恻，恨堆积。渐别浦萦回，津堠岑寂。斜阳冉冉春无极。念月榭携手，露桥闻笛。沉思前事，似梦里，泪暗滴。

——周邦彦（柳）

附注：词中诸领格字如“又”“望”“渐”“念”并用去声，惟“愁”字用平声为例外。

变 格（上、去声韵）

丨—丨（韵）—丨———丨（韵）——丨（句）—丨——（句）—丨——丨—丨（韵）——丨丨丨（韵）丨丨丨——丨（韵）丨—丨（句）丨丨——（句）丨丨——丨—丨（韵）

—丨（韵）丨—丨（韵）丨丨丨——（句）—丨—丨（韵）丨——丨——丨（韵）丨丨丨—丨（句）丨——丨（韵）——丨丨丨—丨（韵）—丨丨—丨（韵）

—丨（韵）丨—丨（韵）丨—丨丨丨（句）丨丨—丨（韵）——丨丨——丨（韵）丨——丨丨（句）—丨—丨（韵）———丨（句）丨丨丨（句）丨丨丨（韵）

例 二

送春去，春去人间无路。秋千外、芳草连天，谁遣风沙暗南浦？依依甚意绪？漫忆海门飞絮。乱鸦过，斗转城荒，不见来时试灯处。

春去，谁最苦？但箭雁沉边，梁燕无主，杜鹃声里长门暮。想玉树凋土，泪盘如露，咸阳送客屡回顾，斜日未能渡。

春去，尚来否？正江令恨别，庾信愁赋。苏堤尽日风和雨。叹神游故国，花记前度。人生流落，顾孺子，共夜语。

——刘辰翁（丙子送春）

六 丑

此周邦彦创作"中吕调"曲。据周密《浩然斋雅谈》，邦彦曾对宋徽宗云："此犯六调，皆声之美者，然绝难歌。昔高阳氏有子六人，才而丑，故以比之。"一百四十字，前片八仄韵，后片九仄韵。例用入声部韵，诸领格字并用去声。

定 格

丨——丨丨（句）丨丨丨（豆）———丨（韵）丨—丨—（句）———丨丨（韵）丨丨—丨（韵）丨丨——丨（句）丨——丨（句）丨丨——丨（韵）——丨丨——丨（韵）丨

丨——（句）——丨丨（韵）——丨——丨（韵）丨——丨

丨（句）—丨—丨（韵）

———丨（韵）丨——丨丨（韵）丨丨——丨（句）—丨

丨（韵）——丨丨—丨（韵）丨——丨丨（句）丨——丨（韵）——

丨（豆）丨——丨（韵）—丨丨（豆）丨丨——丨丨（句）丨——

丨（韵）——丨（豆）丨丨—丨（韵）丨丨—（豆）丨丨——

丨（句）——丨丨（韵）

例

正单衣试酒，怅客里、光阴虚掷。愿春暂留，春归如过翼，一去无迹。为问花何在？夜来风雨，葬楚宫倾国。钗钿堕处遗香泽，乱点桃蹊，轻翻柳陌。多情最谁追惜？但蜂媒蝶使，时叩窗隔。

东园岑寂，渐朦胧暗碧。静绕珍丛底，成叹息。长条故惹行客，似牵衣待话，别情无极。残英小、强簪巾帻。终不似、一朵钗头颤袅，向人欹侧。漂流处、莫趁潮汐。恐断红、尚有相思字，何由见得？

——周邦彦（蔷薇花谢后作）

附注：词中领格字如“正”“但”“似”及上一、下四句式中“葬”“渐”等字并用去声。

夜半乐

唐教坊曲，《乐章集》入“中吕调”。段安节《乐府杂录》：“明皇自潞州入平内难，半夜斩长乐门关，领兵入宫剪逆人，后撰此曲，名《还京乐》。”又有谓《夜半乐》与《还京乐》为二曲者。今以柳永词为准。一百四十四字，分三段，前段、中段四仄韵，后段五仄韵。前段第四句是上一、下四句式。全曲格局开展，中段雍容不迫，后段则声拍促数矣。

定格

丨—丨丨—丨（句）——丨丨（句）—丨——丨（韵）丨丨丨——（句）丨——丨（韵）丨—丨丨（句）——丨丨（句）丨——丨——（句）丨——丨（韵）丨丨丨（豆）——丨—丨（韵）

丨—丨丨丨丨（句）丨丨——（句）丨——丨（韵）—丨丨（豆）——————丨（韵）丨——丨（句）——丨丨（句）丨—丨丨——（句）丨——丨（韵）丨—丨（豆）——丨—丨（韵）

丨丨—丨（句）丨丨——（句）丨——丨（韵）丨丨丨——丨—丨（韵）丨——（豆）—丨丨丨——丨（韵）—丨丨（豆）丨丨——丨（韵）丨——丨——丨（韵）

例

冻云黯淡天气，扁舟一叶，乘兴离江渚。渡万壑千岩，越溪深处，怒涛渐息，樵风乍起，更闻商旅相呼，片帆高举，泛画鹢、翩翩过南浦。

望中酒旆闪闪，一簇烟村，数行霜树。残日下、渔人鸣榔归去。败荷零落，衰杨掩映，岸边两两三三，浣纱游女，避行客、含羞笑相语。

到此因念：绣阁轻抛，浪萍难驻。叹后约丁宁竟何据？惨离怀、空恨岁晚归期阻。凝泪眼、杳杳神京路，断鸿声远长天暮。

——柳永

宝鼎现

始见康与之《顺庵乐府》，即以康词为准。一百五十七字，分三段，前段四仄韵，中段五仄韵，后段五仄韵。后附《须溪词》为变格。

定　格

丨——丨（句）丨丨—丨（句）———丨（韵）—丨

｜（豆）———｜（句）—｜———｜｜（韵）｜｜｜（豆）｜———｜（句）—｜——｜｜（韵）｜｜｜（豆）——｜｜（句）｜｜———｜（韵）

｜｜—｜——｜（韵）｜——（豆）—｜—｜（韵）—｜｜（豆）——｜｜（句）—｜———｜｜（韵）｜｜｜（豆）｜———｜（句）—｜——｜｜（韵）｜｜｜（豆）——｜｜（句）｜｜——｜｜（韵）

—｜｜｜——（句）—｜｜———｜（韵）｜———｜（句）—｜——｜｜（韵）｜｜｜（豆）｜——｜（韵）｜｜——｜（韵）｜｜｜（豆）—｜——（句）｜｜——｜｜（韵）

例　一

夕阳西下，暮霭红溢，香风罗绮。乘丽景、华灯争放，浓焰烧空连锦砌。睹皓月、浸严城如昼，花影寒笼绛蕊。渐掩映、芙蕖万顷，迤逦齐开秋水。

太守无限行歌意，拥麾幢、光动珠翠。倾万井、歌台舞榭，瞻望朱轮骈鼓吹。控宝马、耀貔貅千骑，银烛交光数里。似烂簇、寒星万点，拥入蓬壶影里。

来伴宴阁多才，环艳粉瑶簪珠履。恐看看丹诏，催奉宸游燕侍。便趁早、占通宵醉，莫放笙歌起。任画角、吹老寒梅，月满西楼十二。

——康与之（《全宋词》作范周词）

附注：第一段“浸严城如昼”，第二段“耀貔貅千骑”，第三段“恐看看丹诏”，皆上一、下四句式，“占通宵醉”是上一、下三句式。

变　格

— — — ｜（句）｜ ｜ ｜（豆）— — — ｜（韵）｜ ｜ ｜（豆）— — — ｜（句）｜ ｜ — — — ｜ ｜（韵）— — ｜（豆）｜ ｜ — — ｜（句）｜ ｜ — — — ｜（韵）｜ ｜ ｜（豆）— — ｜ ｜（句）｜ ｜ ｜ — — ｜（韵）

｜ ｜ — ｜ — — ｜（韵）｜ — —（豆）— ｜ — ｜（韵）— ｜ ｜（豆）— — — ｜（韵）｜ ｜ — — — ｜ ｜（韵）— ｜ ｜（豆）｜ — — — ｜（韵）｜ ｜ — — ｜ ｜（韵）｜ ｜ —（豆）— — — ｜（句）｜ ｜ — — ｜ ｜（韵）

— ｜ ｜ ｜ — —（句）— ｜ ｜（豆）— — ｜ ｜（韵）｜ — —（豆）— ｜ — —（句）｜ — — ｜ ｜（韵）｜ ｜ ｜（豆）— — ｜ ｜（韵）｜ ｜ — — ｜（韵）｜ — ｜（豆）— ｜ — —（句）— ｜ — — ｜ ｜（韵）

例 二

红妆春骑，踏月影、竿旗穿市。望不尽、楼台歌舞，习习香尘莲步底。箫声断、约彩鸾归去，未怕金吾呵醉。甚辇路、喧阗且止？听得念奴歌起。

父老犹记宣和事，抱铜仙、清泪如水。还转盼、沙河多丽。滉漾明光连邸第，帘影冻、散红光成绮。月浸葡萄十里。看往来、神仙才子，肯把菱花扑碎？

肠断竹马儿童，空见说、三千乐指。等多时、春不归来，到春时欲睡。又说向、灯前拥髻，暗滴鲛珠坠。便当日、亲见霓裳，天上人间梦里。

——刘辰翁

附注：第一段“约彩鸾归去”，第二段“散红光成绮”，第三段“到春时欲睡”，皆上一、下四句式。

莺啼序

始见《梦窗词集》及赵闻礼《阳春白雪》所载徐鼎之词，入何宫调，无考。兹以梦窗词为准。二百四十字，分四段，每段各四仄韵。

定格

——｜—｜｜（句）｜——｜｜（韵）｜—｜（豆）—｜——（句）｜｜—｜—｜（韵）｜—｜（豆）——｜｜（句）——｜｜——｜（韵）｜——（句）—｜——（句）｜——｜（韵）

｜｜——（句）｜｜｜｜（句）｜——｜｜（韵）｜—｜（豆）—｜——（句）｜——｜—｜（韵）｜——（豆）——｜｜（句）｜—｜（豆）———｜（韵）｜——（句）—｜——（句）｜——｜（韵）

——｜｜（句）｜｜——（句）｜—｜｜｜（韵）｜｜｜（豆）｜——｜（句）｜｜——（句）｜｜——（句）｜——｜（韵）——｜｜（句）———｜（句）———｜——｜（句）｜——（豆）｜｜——｜（韵）——｜｜（句）——｜｜——（句）｜—｜｜—｜（韵）

——｜｜（句）｜｜——（句）｜｜—｜｜（韵）｜｜｜（豆）———｜（句）｜｜——（句）｜｜——（句）｜——｜（韵）——｜｜（句）———｜（句）———｜—｜｜（句）｜——（豆）—｜——｜（韵）———｜——（句）｜｜——（句）｜—｜｜（韵）

例

残寒正欺病酒，掩沉香绣户。燕来晚、飞入西城，似说春事迟暮。画船载、清明过却，晴烟冉冉吴宫树。念羁情，游荡随风，化为轻絮。

十载西湖，傍柳系马，趁娇尘软雾。遡红渐、招入仙溪，锦儿偷寄幽素。倚银屏、春宽梦窄，断红湿、歌纨金缕。暝堤空，轻把斜阳，总还鸥鹭。

幽兰旋（去声）老，杜若还生，水乡尚寄旅。别后访、六桥无信，事往花萎，瘗玉埋香，几番风雨？长波妒盼，遥山羞黛，渔灯分影春江宿，记当时、短楫桃根渡。青楼仿佛，临分败壁题诗，泪墨（作平）惨淡尘土。

危亭望极，草色天涯，叹鬓侵半苎。暗点检、离痕欢唾，尚染鲛绡，亸凤迷归，破鸾慵舞。殷勤待写，书中长恨，蓝霞辽海沉过雁，漫相思、弹入哀筝柱。伤心千里江南，怨曲重招，断魂在否？

——吴文英

附注：词中“掩沉香绣户”是上一、下四句式。“念”“趁”“记”“叹”“漫”等字是领格，宜用去声。

第三类　平仄韵转换格

南乡子

唐教坊曲，《金奁集》入“黄钟宫”。二十七字，两平韵，三仄韵。五代人词略有增减字数者，兹举两式。南唐改作平韵体，《张子野词》入“中吕宫”，重填一片，五十六字，上下片各四平韵。宋以后多遵用之。

格　一

｜｜——（平韵）＋—＋｜｜——（叶平）｜｜———｜｜（换仄韵）—｜（叶仄）｜｜———｜｜（叶仄）

例　一

画舸停桡，槿花篱外竹横桥。水上游人沙上女，回顾，笑指芭蕉林里住。

——欧阳炯

例 二（依上格增一字）

路入南中，桄榔叶暗蓼花红。两岸人家微雨后，收红豆，树底纤纤抬素手。

——欧阳炯

格 二

－｜｜（句）｜－－（平韵）＋－＋｜｜－－（叶平）＋｜＋－－｜｜（换仄韵）＋－｜（叶仄）＋｜＋－－｜｜（叶仄）

例 三

渔市散，渡船稀，越南云树望中微。行客待潮天欲暮，送春浦，愁听猩猩啼瘴雨。

——李珣

格 三（平韵）

＋｜｜－－（韵）＋｜－－｜｜－（韵）＋｜＋－－｜｜（句）－－（韵）＋｜－－＋｜－（韵）

＋｜｜——（韵）＋｜——｜｜—（韵）＋｜＋——｜｜（句）——（韵）＋｜——＋｜—（韵）

例　四

细雨湿流光，芳草年年与恨长。回首凤楼无限事，茫茫，鸾镜鸳衾两断肠。

魂梦任悠扬，睡起杨花满绣床。薄幸不来门半掩，斜阳，负你残春泪几行。

——冯延巳

例　五

何处望神州？满眼风光北固楼。千古兴亡多少事，悠悠，不尽长江滚滚流。

年少万兜鍪，坐断东南战未休。天下英雄谁敌手？曹刘。生子当如孙仲谋。

——辛弃疾（登京口北固亭有怀）

蕃女怨

《金奁集》入“南吕宫”。三十一字，四仄韵，两平韵。

定 格

｜——｜—｜｜（仄韵）｜｜—｜（叶韵）｜——（句）—｜｜（叶仄）｜——｜（叶仄）｜——｜｜——（换平韵）｜——（叶平）

例

万枝香雪开已遍，细雨双燕。钿蝉筝，金雀扇，画梁相见。雁门消息不归来，又飞回。

——温庭筠

调笑令

又名《古调笑》《宫中调笑》《调啸词》《转应曲》。《乐苑》入"双调"。白居易《代书诗一百韵寄微之》："打嫌《调笑》易，饮讶《卷波》迟。"自注："抛打曲有《调笑令》，饮酒曲有《卷白波》。"三十二字，四仄韵，两平韵，两叠韵。平仄韵递转，难在平韵再转仄韵时，二言叠句必须用上六言的最后两字倒转为之，所以又名为《转应曲》。唐词格式全同，惟句中平仄颇多出入，兹以韦应物一首为准，于举例中兼采王建、戴叔伦诸作，藉资比较。北宋以后，多用不转韵格。三十八字，七仄韵，联章以成“转踏”，藉以演唱故事。兹附列为变格。

定　格

—丨（仄韵）—丨（叠）丨丨——丨丨（叶仄）——丨丨——（转平韵）——丨丨丨—（叶平）—丨（再转仄韵）—丨（叠）—丨——丨丨（叶仄）

例　一

河汉，河汉，晓挂秋城漫漫。愁人起望相思，江南塞北别离。离别，离别，河汉虽同路绝。

——韦应物（调啸词）

例　二

杨柳，杨柳，日暮白沙渡口。船头江水茫茫，商人少妇断肠。肠断，肠断，鹧鸪夜飞失伴。

——王建（宫中调笑）

例　三

边草，边草，边草尽来兵老。山北山南雪晴，千里万里月明。明月，明月，芦笳一声愁绝。

——戴叔伦（转应曲）

变　格

—｜（仄韵）｜—｜（叶仄）+｜+——｜｜（叶仄）+—+｜——｜（叶仄）+｜——+｜（叶仄）+—+｜——｜（叶仄）+｜——+｜（叶仄）

例　四

肠断，越江岸。越女江头纱自浣。天然玉貌铅红浅，自弄芙蓉日晚。紫骝嘶去犹回盼，笑入荷花不见。

——晁补之（调笑转踏）

昭君怨

又名《宴西园》《一痕沙》。四十字，全阕四换韵，两仄两平递转，上下片同。

定　格

＋丨＋—＋丨（仄韵）＋丨＋—＋丨（叶仄）＋丨丨——（转平韵）丨——（叶平）

＋丨＋—＋丨（仄韵）＋丨＋—＋丨（叶仄）＋丨丨——（转平韵）丨——（叶平）

例　一

春到南楼雪尽，惊动灯期花信。小雨一番寒，倚阑干。
莫把阑干频倚，一望几重烟水。何处是京华？暮云遮。

——万俟咏（春望）

例　二

午梦扁舟花底，香满西湖烟水。急雨打篷声，梦初惊。
却是池荷跳雨，散了真珠还聚。聚作水银窝，泻清波。

——杨万里（荷雨）

菩萨蛮

又名《子夜歌》《重叠金》。唐教坊曲，《宋史·乐志》《尊前集》《金奁集》并入“中吕宫”，《张子野词》

作“中吕调”。唐苏鹗《杜阳杂编》：“大中初，女蛮国入贡，危髻金冠，璎珞被体，号‘菩萨蛮队’。当时倡优遂制《菩萨蛮曲》，文士亦往往声其词。”（见《词谱》卷五引）据此，知此调原出外来舞曲，输入在公元八四七年以后。但开元时人崔令钦所著《教坊记》已有此曲名，可能此种舞队前后不止一次输入中国。小令四十四字，前后片各两仄韵，两平韵，平仄递转，情调由紧促转低沉，历来名作最多。

定　格

＋－＋｜－－｜（仄韵）＋－＋｜－－｜（叶仄）＋｜｜－－（换平韵）＋－－｜－（叶平）

＋－－｜｜（再换仄韵）＋｜－－｜（叶仄）＋｜｜－－（再换平韵）＋－－｜－（叶平）

例　一

平林漠漠烟如织，寒山一带伤心碧。暝色入高楼，有人楼上愁。

玉梯空伫立，宿鸟归飞急。何处是归程？长亭连短亭。

——李白

例　二

小山重叠金明灭，鬓云欲度香腮雪。懒起画蛾眉，弄妆梳洗迟。

照花前后镜，花面交相映。新帖绣罗襦，双双金鹧鸪。

——温庭筠

例　三

数间茅屋闲临水，窄衫短帽垂杨里。花是去年红，吹开一夜风。

梢梢新月偃，午醉醒来晚。何物最关情？黄鹂三两声。

——王安石

例　四

郁孤台下清江水，中间多少行人泪？东北是长安，可怜无数山。

青山遮不住，毕竟江流去！江晚正愁余，山深闻鹧鸪。

——辛弃疾（书江西造口壁）

更漏子

《尊前集》入“大石调”，又入“商调”，《金奁集》入“林钟商调”。四十六字，前片两仄韵，两平韵，后片三仄韵，两平韵。亦有过片不用韵者，平仄与上片全同。

定　格

｜——（句）—｜｜（仄韵）＋｜＋—＋｜（叶仄）＋｜｜（句）｜——（换平韵）＋—＋｜—（叶平）

—＋｜（再换仄韵）＋—｜（叶仄）＋｜＋—＋｜（叶仄）＋＋｜（句）｜——（再换平韵）＋—＋｜—（叶平）

例　一

玉炉香，红蜡泪，偏照画堂秋思。眉翠薄，鬓云残，夜长衾枕寒。

梧桐树，三更雨，不道离情正苦。一叶叶，一声声，空阶滴到明。

——温庭筠

例 二（过片不用韵）

上东门，门外柳，赠别每烦纤手。一叶落，几番秋，江南独倚楼。

曲阑干，凝伫久，薄暮更堪搔首。无际恨，见闲愁，侵寻天尽头。

——贺铸

喜迁莺

又名《鹤冲天》《万年枝》《喜迁莺令》《燕归来》。《金奁集》入“黄钟宫”。四十七字，前片四平韵，后片三仄韵，两平韵。

定 格

＋｜｜（句）｜——（平韵）—｜｜——（叶平）｜——｜｜——（叶平）—｜｜——（叶平）

—＋｜（换仄韵）—＋｜（叶仄）｜｜｜——｜（叶仄）＋——｜｜——（再换平韵）—｜｜——（叶平）

例

晓月坠，宿云微，无语枕频攲。梦回芳草思依依，天远雁声稀。

啼莺散，余花乱，寂寞画堂深院。片红休扫尽从伊，留待舞人归。

——李煜

清平乐

又名《忆萝月》《醉东风》。《宋史·乐志》入“大石调”，《金奁集》《乐章集》并入“越调”。《尊前集》载有李白词四首，恐不可信。兹以李煜词为准。四十六字，前片四仄韵，后片三平韵。

定格

＋－＋丨（仄韵）＋丨－－丨（叶仄）＋丨＋－－丨丨（叶仄）＋丨＋－＋丨（叶仄）

＋－＋丨－－（换平韵）＋－＋丨－－（叶平）＋丨＋－＋丨（句）＋－＋丨－－（叶平）

例 一

别来春半，触目愁肠断。砌下落梅如雪乱，拂了一身还满。

雁来音信无凭，路遥归梦难成。离恨恰如春草，更行更远还生。

——李煜

例 二

红笺小字，说尽平生意。鸿雁在云鱼在水，惆怅此情难寄！

斜阳独倚西楼，遥山恰对帘钩。人面不知何处，绿波依旧东流。

——晏殊

例 三

绕床饥鼠，蝙蝠翻灯舞。屋上松风吹急雨，破纸窗间自语。

平生塞北江南，归来华发苍颜。布被秋宵梦觉，眼前万里江山。

——辛弃疾（独宿博山王氏庵）

忆余杭

见《逍遥词》，宋初潘阆所作。因忆西湖诸胜，故名《忆余杭》。四十九字，前片两平韵，后片两仄韵，两平韵。

定 格

—丨——（句）+丨———丨丨（句）——丨丨丨——（平韵）+丨丨——（叶平）

丨——丨——丨（仄韵）丨丨丨—丨—丨（叶仄）丨——丨丨——（换平韵）丨丨丨——（叶平）

例

长忆西湖，尽日凭栏楼上望，三三两两钓鱼舟，岛屿正清秋。

笛声依约芦花里，白鸟数行忽惊起。别来闲整钓鱼竿，思入水云寒。

——潘阆

河渎神

唐教坊曲。花庵《唐宋诸贤绝妙词选》云："唐词多缘题，所赋《河渎神》则咏祠庙。"兹以孙光宪作为准。四十九字，前片四平韵，后片四仄韵。

定 格

—｜｜——（平韵）—｜——｜—（叶平）｜—｜｜｜——（叶平）｜——｜——（叶平）

｜｜———｜｜（换仄韵）—｜———｜（叶仄）｜｜｜——｜（叶仄）｜——｜—｜（叶仄）

例

江上草芊芊，春晚湘妃庙前。一方卵色楚南天，数行斜雁联翩。

独倚朱阑情不极，魂断终朝相忆。两桨不知消息，远汀时起㶉鶒。

——孙光宪

河传

《碧鸡漫志》卷四引《脞说》云：“《水调河传》，炀帝将幸江都时所制，声韵悲切。”《漫志》又称：“《河传》唐词，存者二。其一属‘南吕宫’，凡前段平韵，后仄韵。其一乃今《怨王孙》曲，属‘无射宫’。以此知炀帝所制《河传》，不传已久。然欧阳永叔（修）所集词内，《河传》附‘越调’，亦《怨王孙》曲。今世《河传》乃‘仙吕调’，皆令也。”《金奁集》所收令词并入“南吕宫”，《乐章集》入“仙吕调”。唐宋人所作令词，句豆韵脚，极不一致。但前后两片皆前仄韵，后平韵，平仄互换，则大抵相同耳。兹选两格：一为五十五字，前片四仄韵，三平韵，后片三仄韵，两平韵。一为五十四字，前片四仄韵，三平韵，后片三仄韵，四平韵。

格　一

—｜（仄韵）—｜（叶仄）｜——｜（叶仄）—｜——（换平韵）｜——｜（夹叶仄）—｜｜｜——（叶平）｜——｜—（叶平）

——｜｜——｜（换仄韵）—｜｜（叶仄）｜｜——｜（叶仄）｜——｜（句）—｜｜｜——（再换平韵）｜——（叶平）

例　一

春暮，微雨。送君南浦，愁敛双蛾。落花深处，啼鸟似逐离歌，粉檀珠泪和。

临流更把同心结，情哽咽，后会何时节？不堪回首，相望已隔汀洲，橹声幽。

——李珣

格　二

—丨（仄韵）—丨（叶仄）——丨丨（叶仄）丨——丨（叶仄）丨——丨丨——（换平韵）丨—（叶平）丨——丨—（叶平）

丨—丨丨——丨（再换仄韵）丨—丨（叶仄）丨丨——丨（叶仄）丨——（再换平韵）丨丨—（叶平）丨—（叶平）丨——丨—（叶平）

例　二

春水，千里。孤舟浪起，梦携西子。觉来村巷夕阳斜。几家？短墙红杏花。

晚云做造些儿雨。折花去，岸上谁家女？太狂颠！笑那边，柳绵，被风吹上天。

——辛弃疾（效花间体）

虞美人

唐教坊曲。《碧鸡漫志》卷四：“《脞说》称起于项籍‘虞兮’之歌。予谓后世以此命名可也，曲起于当时，非也。”又称：“旧曲三，其一属‘中吕调’，其一属‘中吕宫’，近世又转入‘黄钟宫’。”兹取两格：一为五十六字，上下片各两仄韵，两平韵。一为五十八字，上下片各两仄韵，三平韵。

格　一

＋—＋｜——｜（仄韵）＋｜——｜（叶仄）＋—＋｜｜——（换平韵）＋｜＋——｜｜——（叶平）

＋—＋｜——｜（换仄韵）＋｜——｜（叶仄）＋—＋｜｜——（再换平韵）＋｜＋——｜｜——（叶平）

例　一

春花秋月何时了？往事知多少！小楼昨夜又东风，故国不堪回首月明中！

雕阑玉砌应犹在，只是朱颜改。问君能有几多愁？恰似一江春水向东流。

——李煜

格　二

｜—｜｜——｜（仄韵）｜｜——｜（叶仄）｜——｜

｜——（换平韵）｜——｜｜——（叶平）｜——（叶平）

｜—｜｜——｜（换仄韵）｜｜——｜（叶仄）｜——｜

｜——（再换平韵）｜——｜｜——（叶平）｜——（叶平）

例　二

帐前草草军情变，月下旌旗乱。褫衣推枕怆离情，远风吹下楚歌声，正三更。

抚骓欲上重相顾，艳态花无主。手中莲锷凛秋霜，九泉归去是仙乡，恨茫茫。

——宋无名氏（依曾布夫人魏氏

《虞美人草行》改作）

第四类　平仄韵通叶格

西江月

又名《步虚词》《江月令》。唐教坊曲，《乐章集》《张子野词》并入“中吕宫”。清季敦煌发现唐琵琶谱，犹存此调，但虚谱无词。兹以柳永词为准。五十字，上下片各两平韵，结句各叶一仄韵。沈义父《乐府指迷》：“《西江月》起头押平声韵，第二、第四句就平声切去，押侧声韵。如平韵押‘东’字，侧声须押‘董’字、‘冻’字方可。”

定　格

＋｜＋——｜（句）＋—＋｜——（平韵）＋—＋｜｜——（叶平）＋｜——＋｜（叶仄）　＋｜＋——｜（句）＋—＋｜——（平韵）＋—＋｜｜——（叶平）＋｜——＋｜（叶仄）

例　一

凤额绣帘高卷，兽环朱户频摇。两竿红日上花梢，春睡厌厌难觉。　　好梦狂随飞絮，闲愁浓胜香醪。不成雨暮与云朝，又是韶光过了。

——柳永

例　二

问讯湖边春色，重来又是三年。东风吹我过湖船，杨柳丝丝拂面。　　世路如今已惯，此心到处悠然。寒光亭下水如天，飞起沙鸥一片。

——张孝祥（丹阳湖）

例　三

明月别枝惊鹊，清风半夜鸣蝉。稻花香里说丰年，听取蛙声一片。　　七八个星天外，两三点雨山前。旧时茅店社林边，路转溪桥忽见。

——辛弃疾（夜行黄沙道中）

醉翁操

琴曲，属“正宫”。沈遵创作，苏轼始创为填词。其序云：“琅琊幽谷，山川奇丽，泉鸣空涧，若中音会。醉翁喜之，把酒临听，辄欣然忘归。既去十余年，而好奇之士沈遵闻之往游，以琴写其声，曰《醉翁操》，节奏疏宕，而音指华畅，知琴者以为绝伦。然其有声而无其辞。翁虽为作歌，而与琴声不合。又依《楚辞》作《醉翁引》，好事者亦倚其辞以制曲。虽粗合韵度，而琴声为词所绳约，非天成也。后三十余年，翁既捐馆舍，遵亦没久矣。有庐山玉涧道人崔闲，特妙于琴。恨此曲之无词，乃谱其声，而请东坡居士以补之云。”（见《东坡乐府》卷二）九十一字，前片十平韵，后片七平韵，一仄韵。

定　格

——（平韵）——（叶平）——（叶平）丨——（叶平）——（叶平）——丨————（叶平）丨——丨——（叶平）—丨—（叶平）丨丨丨——（叶平）丨丨—丨—丨—（叶平）

丨—丨丨（句）—丨——（叶平）丨—丨丨（句）—丨——丨丨（叶仄）—丨————（叶平）丨丨————（叶平）———

┃ —（叶平）——————（叶平）┃ ┃ ┃ ——（叶平）┃ —— ┃

┃ ——（叶平）

例

琅然，清圜，谁弹？响空山，无言，惟翁醉中知其天。月明风露娟娟，人未眠。荷蒉过山前，曰有心也哉此贤！

醉翁啸咏，声和流泉。醉翁去后，空有朝吟夜怨。山有时而童巅，水有时而回川，思翁无岁年。翁今为飞仙，此意在人间，试听徽外两三弦。

——苏轼

渡江云

又名《三犯渡江云》。《清真集》入“小石调”。一百字，前后片各四平韵，后片第四句为上一、下四句法，必须押一同部仄韵。

定　格

＋—— ┃ ┃（句）┃ — ┃ ┃（句）＋ ┃ ┃ ——（平韵）┃ —— ┃ ┃（句）┃ ┃ ——（句）┃ ┃ ┃ ——（叶平）—— ┃ ┃（句）┃

＋＋（豆）＋｜——（叶平）—｜＋（豆）＋——｜（句）＋｜｜——（叶平）

——（叶平）——＋｜（句）｜｜——（句）｜——＋｜（叶仄）—｜＋（豆）——＋｜（句）＋｜——（叶平）——｜｜——｜（句）｜｜＋（豆）—｜——（叶平）—｜｜（句）——｜｜——（叶平）

例　一

晴岚低楚甸，暖回雁翼，阵势起平沙。骤惊春在眼，借问何时，委曲到山家？涂香晕色，盛粉饰、争作妍华。千万丝、陌头杨柳，渐渐可藏鸦。

堪嗟，清江东注，画舸西流，指长安日下。愁宴阑、风翻旗尾，潮溅乌纱。今宵正对初弦月，傍水驿、深舣蒹葭。沉恨处，时时自剔灯花。

——周邦彦

例　二

山空天入海，倚楼望极，风急暮潮初。一帘鸠外雨，几处闲田，隔水动春锄。新烟禁柳，想如今、绿到西湖。犹记得、当年深隐，门掩两三株。

愁余，荒洲古溆，断梗疏萍，更漂流何处？空自觉、围羞带减，影怯灯孤。长疑即见桃花面，甚近来、翻笑无书。书纵远，如何梦也都无。

——张炎（山阴久客，一再逢春，回忆西杭，渺然愁思）

曲玉管

唐教坊曲，《乐章集》入“大石调”。一百五字，前片两仄韵，四平韵，同部互叶，后片三平韵。

定 格

｜｜——（句）——｜｜（句）——｜｜——｜（仄韵）｜｜———｜（句）—｜——（平韵）｜——（叶平）｜｜——（句）———｜（句）｜—｜｜——｜（叶仄）｜｜——（句）｜｜—｜——（叶平）｜——（叶平）

｜｜——（句）｜—｜（豆）———｜（句）｜—｜｜——（句）——｜｜——（叶平）｜——（叶平）｜———｜（句）｜｜———｜（句）｜——｜（句）｜｜——（句）｜｜——（叶平）

例

陇首云飞，江边日晚，烟波满目凭阑久。立望关河萧索，千里清秋，忍凝眸？杳杳神京，盈盈仙子，别来锦字终难偶。断雁无凭，冉冉飞下汀洲，思悠悠。

暗想当初，有多少、幽欢佳会，岂知聚散难期，翻成雨恨云愁！阻追游。每登山临水，惹起平生心事，一场消黯，永日无言，却下层楼。

——柳永

哨 遍

一作《稍遍》，始见《东坡词》。其小序云："陶渊明赋《归去来》，有其词而无其声。余既治东坡，筑雪堂于上，人人俱笑其陋，独鄱阳董毅夫过而悦之，有卜邻之意。乃取《归去来辞》，稍加檃栝，使就声律，以遗毅夫。使家僮歌之，时相从于东坡，释耒而和之，扣牛角而为之节，不亦乐乎？"汲古阁本《东坡词》于《稍遍》后附小注："其词盖世所谓'般瞻'之《稍遍》也。'般瞻'，龟兹语也，华言为五声，盖羽声也，于五音之次为第五。今世作'般涉'，误矣。《稍遍》三叠，每叠加促字，当为'稍'，读去声。世作‘哨’，或作‘涉’，皆非是。”明曼山馆本《东坡先生诗余》注同。元刊《东坡乐府》及《稼轩长短句》则皆作《哨遍》。各家句豆平仄，颇有出入，殆由“每叠加促字”较有伸缩余地耳。兹以苏词一阕为准。二百三字，仍依各本只分两段。前段五仄韵，四平韵，后段五平韵，八仄韵，同部参差错叶。《康熙词谱》谓“其体颇近散文”。

定格

｜｜｜—（句）—｜｜—（句）｜｜——｜（仄韵）—｜—（句）—｜｜——（平韵）｜—————｜（叶仄）｜｜—（叶平）——｜——｜（句）——｜｜——｜（叶仄）—｜｜——（句）——｜｜（句）———｜—｜（叶仄）｜｜——｜｜——（叶平）｜｜｜——｜——（叶平）—｜——（句）｜｜——（句）｜—｜｜（叶仄）

—（叶平）—｜——（叶平）｜——｜——｜（叶仄）—｜—｜｜（句）———｜—｜（叶仄）｜｜｜——（句）｜—｜｜（句）——｜｜——｜（叶仄）—｜｜——（句）——｜｜（句）———｜—｜（叶仄）｜｜—｜｜｜｜—（叶平）｜｜｜——｜——（叶平）｜——（豆）｜——｜（叶仄）———｜—｜（句）｜｜——｜（叶仄）｜——｜——｜｜（句）｜｜——｜

丨（叶仄）丨——丨丨——（叶平）丨——（豆）丨丨—丨（叶仄）

例 一

为米折腰，因酒弃家，口体交相累。归去来，谁不遣君归？觉从前皆非今是。露未晞，征夫指予归路，门前笑语喧童稚。嗟旧菊都荒，新松暗老，吾年今已如此！但小窗容膝闭柴扉，策杖看孤云暮鸿飞。云出无心，鸟倦知返，本非有意。

噫！归去来兮，我今忘我兼忘世。亲戚无浪语，琴书中有真味。步翠麓崎岖，泛溪窈窕，涓涓暗谷流春水。观草木欣荣，幽人自感，吾生行且休矣！念寓形宇内复几时？不自觉皇皇欲何之？委吾心、去留谁计？神仙知在何处？富贵非吾志。但知临水登山啸咏，自引壶觞自醉。此生天命更何疑？且乘流、遇坎还止。

——苏轼

例 二

一壑自专，五柳笑人，晚乃归田里。问谁知：几者动之微。望飞鸿冥冥天际。论妙理，浊醪正堪长醉，从今自酿躬耕米。嗟美恶难齐，盈虚如代，天耶何必人知！试回头五十九年非，似梦里欢娱觉来悲。夔乃怜蚿，谷亦亡羊，算来何异？

嘻！物讳穷时，丰狐文豹罪因皮。富贵非吾愿，遑遑乎欲何之？正万籁都沉，月明中夜，心弥万里清如水。却自觉神游，归来坐对，依稀淮岸江涘。看一时鱼鸟忘情喜，会我已忘机更忘己。又何曾、物我相视。非鱼濠上遗意，要是吾非子。但教河伯休惭海若，大小均为水耳。世间喜愠更何其，笑先生、三仕三已。

——辛弃疾（用前秋水观韵）

附注：此词大体仍依苏格，惟平仄韵位颇多差异，逐字比较观之自得，不更详标。

戚氏

始见《乐章集》，入“中吕调”。兹以柳词为准。二百十二字，分三段。前段九平韵，一仄韵，中段六平韵，三仄韵，后段六平韵，三仄韵，同部参错互叶。

定格

丨——（平韵）丨丨—丨丨——（叶平）丨丨——（句）丨——

｜（仄韵）｜——（叶平）——（叶平）｜——（叶平）——｜｜｜——（叶平）——｜｜—｜（句）｜｜—｜｜——（叶平）｜｜—｜（句）———｜（句）｜—｜｜——（叶平）｜——｜｜（句）—｜—｜（句）—｜——（叶平）

—｜（叶仄）｜｜——（叶平）—｜｜｜（叶仄）｜｜｜——（叶平）——｜（句）｜——｜（叶仄）｜｜——（叶平）｜——（叶平）｜｜｜｜（句）——｜｜（句）｜｜——（叶平）｜—｜｜（句）｜｜——（句）｜｜—｜——（叶平）

｜｜——｜（句）——｜｜（句）｜｜——（叶平）｜｜——｜｜（句）｜——｜｜｜——（叶平）｜—｜｜——（句）｜—｜｜（句）—｜——｜（叶仄）｜｜——｜——｜（叶仄）—｜｜（豆）—｜——（叶平）｜｜—（豆）｜｜——（叶平）｜—｜｜｜｜——（叶平）｜——｜（叶仄）——｜｜（句）｜｜——（叶平）

例

晚秋天，一霎微雨洒庭轩。槛菊萧疏，井梧零乱，惹残烟。凄然，望江关，飞云黯淡夕阳间。当时宋玉悲感，向此临水与登山。远道迢递，行人凄楚，倦听陇水潺湲。正蝉吟败叶，蛩响衰草，相应喧喧。

孤馆，度日如年。风露渐变，悄悄至更阑。长天净，绛河清浅，皓月婵娟。思绵绵，夜永对景，那堪屈指，暗想从前。未名未禄，绮陌红楼，往往经岁迁延。

帝里风光好，当年少日，暮宴朝欢。况有狂朋怪侣，遇当歌对酒竞留连。别来迅景如梭，旧游似梦，烟水程何限！念利名憔悴长萦绊，追往事、空惨愁颜。漏箭移、稍觉轻寒。渐呜咽画角数声残。对闲窗畔，停灯向晓，抱影无眠。

——柳永

附注：第一段“正”字，第三段“遇”“念”“渐”“对”等字皆领格，宜用去声。又“当年少日”与“对闲窗畔”二句，皆上一、下三句式。在长调慢词中，此等处最宜注意，须于曼声长吟之际，细加玩味，方能有所领悟，掌握节奏声容。此类甚多，读者推寻自得，未一一例举也。

第五类　平仄韵错叶格

荷叶杯

唐教坊曲，《金奁集》入“双调”。单调小令，二十三字。温庭筠体以两平韵为主，四仄韵转换错叶。韦庄体重填一片，增四字，以上下片各三平韵为主，错叶两仄韵。

格　一

＋丨＋——丨（仄韵）—丨（叶仄）丨——（平韵）丨——丨
丨—丨（换仄韵）—丨（叶仄）丨——（叶平）

例　一

一点露珠凝冷，波影，满池塘。绿茎红艳两相乱，肠断，水风凉。

——温庭筠

格　二

＋｜｜——｜（仄韵）—｜（叶仄）—｜｜——（平韵）＋——｜｜——（叶平）—｜｜——（叶平）

＋｜｜——｜（换仄韵）—｜（叶仄）—｜｜——（换平韵）＋——｜｜——（叶平）—｜｜——（叶平）

例　二

记得那年花下，深夜，初识谢娘时。水堂西面画帘垂，携手暗相期。

惆怅晓莺残月，相别，从此隔音尘。如今俱是异乡人，相见更无因！

——韦庄

诉衷情

唐教坊曲，《金奁集》入“越调”。三十三字，六平韵为主，五仄韵两部错叶。

定　格

—丨（仄韵）—丨（叶仄）—丨丨（叶仄）丨——（平韵）—丨丨（换仄韵）—丨（叶仄）丨——（叶平）丨丨丨——（叶平）——（叶平）———丨—（叶平）丨——（叶平）

例

莺语，花舞，春昼午，雨霏微。金带枕，宫锦，凤凰帷。柳弱燕交飞，依依。辽阳音信稀，梦中归。

——温庭筠

定西番

唐教坊曲，《金奁集》入"高平调"。三十五字，前后片四平韵为主，三仄韵错叶。

定　格

＋丨＋—＋丨（仄韵）—丨丨（句）丨——（平韵）丨——（叶平）

＋丨＋——丨（叶仄）＋—＋丨—（叶平）＋丨＋—＋丨（叶

仄）丨——（叶平）

例

汉使昔年离别，攀弱柳，折寒梅，上高台。

千里玉关春雪，雁来人不来。羌笛一声愁绝，月徘徊。

——温庭筠

相见欢

一名《乌夜啼》《秋夜月》《上西楼》，唐教坊曲。三十六字，前片三平韵，后片两平韵，过片处错叶两仄韵。两结九言，宜于第二字略豆，旧谱分作六言、三言两句，不尽适合。

定 格

＋—＋丨——（平韵）丨——（叶平）＋丨＋——丨丨——（叶平）

＋＋丨（仄韵）＋—丨（叶仄）丨——（叶平）＋丨＋——丨丨——（叶平）

例 一

林花谢了春红，太匆匆！无奈朝来寒雨晚来风！
胭脂泪，相留醉，几时重？自是人生长恨水长东！

——李煜

例 二

无言独上西楼，月如钩。寂寞梧桐深院锁清秋。
剪不断，理还乱，是离愁。别是一般滋味在心头。

——李煜

上行杯

唐教坊曲，《金奁集》入"歇指调"。三十八字，依孙光宪体，以两平韵为主，五仄韵两部错叶。

定 格

｜｜———｜（句）—｜｜（豆）｜｜——（平韵）—｜———｜｜（仄韵）——｜｜（叶仄）｜——（句）—｜｜（换仄韵）｜｜（叶仄）—｜（叶仄）—｜——（叶平）

例

草草离亭鞍马，从远道、此地分襟。燕宋秦吴千万里，无辞一醉。野棠开，江草湿，伫立，沾泣，征骑骎骎。

——孙光宪

酒泉子

唐教坊曲，《金奁集》入“高平调”。兹依温庭筠体。四十一字，全阕以四平韵为主，四仄韵两部错叶。

定　格

—｜｜—（平韵）—｜｜——｜（仄韵）｜——（句）—｜｜（叶仄）｜——（叶平）

｜——｜｜——（叶平）—｜｜——｜（换仄韵）｜——（句）—｜｜（叶仄）｜——（叶平）

例

罗带惹香，犹系别时红豆。泪痕新，金缕旧，断离肠。

一双娇燕语雕梁，还是去年时节。绿阴浓，芳草歇，柳花狂。

——温庭筠

定风波

一作《定风波令》。唐教坊曲，《张子野词》入“双调”。六十二字，上片三平韵，错叶两仄韵，下片两平韵，错叶四仄韵。《乐章集》演为慢词，一入“双调”，一入“林钟商”，并全用仄韵。兹附九十九字一种，前片六仄韵，后片七仄韵。

定　格

+｜——｜｜—（平韵）+—+｜｜——（叶平）+｜+——｜｜（仄韵）—｜（叶仄）+—+｜｜——（叶平）

+｜+——｜｜（换仄韵）—｜（叶仄）+—+｜｜——（叶平）+｜+——｜｜（再换仄韵）—｜（叶仄）+—+｜｜——（叶平）

例　一

暖日闲窗映碧纱，小池春水浸明霞。数树海棠红欲尽，争忍，玉闺深掩过年华。

独凭绣床方寸乱，肠断，泪珠穿破脸边花。邻居女郎相借问，音信，教人羞道未还家。

——欧阳炯

例 二

莫听穿林打叶声，何妨吟啸且徐行。竹杖芒鞋轻胜马，谁怕？一蓑烟雨任平生。

料峭春风吹酒醒，微冷，山头斜照却相迎。回首向来萧瑟处，归去，也无风雨也无晴。

——苏轼（三月七日，沙湖道中遇雨，雨具先去，同行皆狼狈，余独不觉，已而遂晴，故作此）

格 二（仄韵长调）

｜——（豆）｜｜——（句）——｜｜｜｜（仄韵）｜｜——（句）——｜｜（句）—｜——｜（叶仄）｜——（句）｜—｜（叶仄）—｜——｜—｜（叶仄）—｜（叶仄）｜｜—｜｜（句）———｜（叶仄）

｜—｜｜（叶仄）｜——（豆）｜｜——｜（叶仄）｜——｜｜（句）——｜｜（句）—｜——｜（叶仄）｜——（句）｜—｜（叶仄）—｜——｜—｜（叶仄）—｜（叶仄）｜｜—｜（句）———｜（叶仄）

例　三

自春来、惨绿愁红，芳心是事可可。日上花梢，莺穿柳带，犹压香衾卧。暖酥消，腻云亸，终日厌厌倦梳裹。无那！恨薄情一去，音书无个！

早知恁么，悔当初、不把雕鞍锁。向鸡窗只与，蛮笺象管，拘束教吟课。镇相随，莫抛躲。针线闲拈伴伊坐，和我，免使年少，光阴虚过。

——柳永

最高楼

南宋后作者较多，兹以《稼轩长短句》为准。八十一字，前片四平韵，后片三平韵，过片错叶两仄韵。体势轻松流美，渐开元人散曲先河。

定　格

——｜（句）—｜｜——（平韵）＋｜｜——（叶平）＋—＋｜——｜（句）＋—＋｜｜——（叶平）｜——（句）—｜｜（句）｜——（叶平）

｜｜｜（豆）｜——｜｜（仄韵）｜｜｜（豆）｜——｜｜（叶

仄）—｜｜（句）｜——（叶平）＋—＋｜——｜（句）＋—＋｜｜——（叶平）｜——（句）—｜｜（句）｜——（叶平）

例

长安道，投老倦游归。七十古来稀。藕花雨湿前湖夜，桂枝风淡小山时。怎消除？须殢酒，更吟诗。

也莫向、竹边孤负雪，也莫向、柳边辜负月。闲过了，总成痴。种花事业无人问，惜花情绪只天知。笑山中，云出早，鸟归迟。

——辛弃疾（醉中有索四时歌，为赋）

词韵简编

张珍怀辑

（一）本编依据清戈载著《词林正韵》一书删去僻字，故称“简编”。

（二）《词林正韵》原书韵目用《集韵》标目，分目繁多，标目有僻字，因此，本编改用比较通行的《词韵》标目，以便于检韵。至于分部，一如《词林正韵》原书。

第一部

平声：一东二冬通用

【一东】东同童僮铜桐峒筒瞳曈中（中间）衷忠盅虫冲终忡崇嵩（崧）菘戎绒弓躬宫穹融雄熊穷冯风枫疯丰（豐）充隆窿空公功工攻蒙濛朦曚瞢笼胧栊咙聋珑砻泷蓬篷洪荭

红虹鸿从翁嗡匆葱聪骢通棕烘崆

【二冬】冬咚彤农侬宗淙悰锺钟龙茏舂松淞冲（衝）容榕蓉溶庸佣慵封胸凶匈汹雍邕痈浓脓秾重（重复）从（服从）逢缝峰锋丰蜂烽葑纵（纵横）踪茸蛩邛筇跫恭龚供（供给）蚣喁

仄声：上声一董二肿
去声一送二宋通用

【一董】董懂动孔总笼（东韵同）拢桶捅蓊蠓汞澒洞（澒洞）

【二肿】肿种（种子）踵宠垅（陇）拥冗重（轻重）冢捧勇甬踊涌俑蛹恐拱竦悚耸栱巩怂奉

【一送】送梦凤洞（岩洞）众瓮贡弄冻痛栋恸仲中（击中）粽讽空（空缺）控哄（喧闹；欺骗）赣

【二宋】宋用颂诵统纵（放纵）讼种（种植）综俸供（供设，名词）从（仆从）缝（隙也）重（再也）共

第二部

平声：三江七阳通用

【三江】江缸窗邦降（降伏）双泷庞舡撞豇扛杠腔釭梆龙

桩幢跫（冬韵同）

【七阳】阳扬杨洋羊徉佯芳妨方坊防肪房亡忘望（漾韵同）忙茫芒妆庄装奘香乡湘厢箱镶芗相（相互）襄骧光昌堂唐糖棠塘章张王常长（长短）裳凉粮量（衡量）梁粱良霜藏（收藏）肠场尝偿床央鸯秧殃郎廊狼榔（榔）锒踉浪（沧浪）浆将（持也；送也）疆僵姜缰觞娘黄皇遑惶徨煌仓苍舱沧伤殇商帮汤创（创伤）疮强（刚强）墙樯嫱蔷囊狂康慷（养韵同）糠冈岗刚钢纲匡筐荒慌行（行列）杭航桁翔详祥庠桑彰璋漳獐麈猖倡凰邙臧赃昂丧（丧葬）阊鲨羌枪锵抢（突也）蜣跄篁篑璜潢攘纕瓤亢吭（漾、养韵并同）旁傍（侧也）孀骦当（应当）裆珰铛簹飏泱旸炀蝗隍怏肓汪鞅滂蜋螂怆（漾韵同）缃琅颃伥螳

仄声：上声三讲二十二养
去声三绛二十三漾通用

【三讲】讲港项棒蚌耩

【二十二养】养痒象像橡仰朗桨奖蒋敞氅厂枉往颡强（勉强）惘荡两裲曩丈杖仗（漾韵同）响掌党想養榜爽广享飨幌莽纺长（长幼）网荡上（上升）壤赏仿罔谠傥魍魉昉怳谎蟒漭嗓盎恍脏（骯脏）吭沆慷襁镪抢骯（骯）犷

【三绛】绛降（升降）巷撞（江韵同）戆

【二十三漾】漾上（上下）望（阳韵同）相（卿相）将（将帅）状帐唱让浪（波浪）酿旷壮放向忘仗（养韵同）畅量（数量）葬匠障瘴谤尚涨饷样藏（库藏）舫访贶嶂当（适当）抗桁妄怆宕怅创酱况亮傍（依傍）丧（丧失）恙谅胀鬯脏（内脏）吭砀伉圹纩踌搒桄挡旺炕亢（高亢）飏（阳韵同）阆防（阳韵同）

第三部

平声：四支五微八齐十灰（半）通用

【四支】支枝肢移（簃）为（施为）垂吹陂碑奇宜仪皮儿离施知驰池规危夷师姿迟龟眉悲之芝时诗棋旗辞词期祠基疑姬丝司葵医帷思滋持随痴维卮麾墀弥慈遗肌脂雌披嬉尸狸炊湄篱兹差（参差）疲茨卑亏蕤骑（跨马）歧岐谁斯澌私窥熙欺疵赀羁彝髭颐资糜饥衰锥姨夔祇涯（佳、麻韵同）伊追缁萁箕治（治国）尼而推（灰韵同）匙陲魑锤褵璃骊羸帔罴縻蘼脾瀰芪畸牺羲曦欹漪猗崎崖萎筛狮蛳鸱绥虽椝瓷絺椎饴嶷痍惟唯机耆逵岿丕毗枇貔楣黴（霉）辎蚩嗤媸飔坻莳鲥鹚笞漓怡贻禧醿噫其琪祺麒嶷螭栀鹂鳌絫踟琵嵋

【五微】微薇晖辉（煇）徽挥韦围帏违闱霏菲（芳菲）妃飞非扉肥威祈旂畿机几（微也，如见几）讥玑禨稀希衣（衣服）依归饥（饥荒，支韵同）矶欷诽绯晞葳巍沂圻颀

【八齐】齐黎犁梨妻（夫妻）萋凄堤低题提蹄啼鸡稽兮倪霓西栖犀嘶撕梯睇鼙赍迷泥溪蹊圭闺携畦嵇跻谿奚脐醯黧蠡醍鹈奎批砒睽荑篦齑藜猊鲵羝嶲鑴（日旁云气）鹥

【十灰（半）】灰恢魁隈回徊槐（佳韵同）梅枚玫媒煤雷隤颓崔催摧堆陪杯酷嵬推（支韵同）诙裴培盔偎煨瑰茴追胚徘坯桅傀儡（贿韵同）莓

仄声：上声四纸五尾八荠十贿（半）去声四寘五未八霁九泰（半）十一队（半）通用

【四纸】纸只（副词，仅）咫是靡彼毁委诡髓累技绮觜此泚蕊徙尔瀰（支韵同）弭婢侈弛豕紫旨指视美否（否泰）痞兕几（桌几）姊比水轨止徵（角徵）市喜己纪跪妓蚁鄙晷子仔梓矢雉死履垒癸趾址以已似耜祀史驶耳使（使令）里理李起杞圯跂士仕俟始齿矣耻麂枳畤峙鲤迩氏玺巳（辰巳）滓苡倚匕迤逦旖旎舣玭秕芷蟢拟你企诔捶屣箠揣豸祉恃

【五尾】尾苇鬼岂卉几（几多）伟斐菲（菲薄）匪篚娓悱榧韪炜虺玮虮

【八荠】荠礼体米启陛洗邸底抵弟坻柢涕悌济（水名）澧醴诋棨眯砥娣递昵睨蠡

【十贿（半）】贿悔罪馁每块汇（汇合）猥琲璀磊蕾傀儡腿

【四寘】寘置事地意志治思（名词）泪吏赐自字义利器位戏至次累（连累）伪寺瑞智记异致备肆翠骑（车骑，名词）使（使者）试类弃饵媚鼻易（容易）辔坠醉议翅避笥帜炽粹莳谊帅厕寄睡忌贰萃穗二臂嗣吹（鼓吹，名词）遂恣四骥季刺驷泗寐魅积（积蓄）被芰懿觊冀愧匮恚馈蒉篑柜暨庇豉莉腻秘比（近也）鸷踬啻示嗜饲伺遗（馈遗）薏祟值惴屣眦詈企渍譬跛挚燧隧悴尿致（緻）稚雉莅悸肄泌志识（记也）侍踬为（因为）

【五未】未味气贵费沸尉畏慰蔚魏纬胃汇（彙）谓渭讳卉（尾韵同）毅既衣（着衣，动词）蜚溉（队韵同）翡诽

【八霁】霁制计势世丽岁济（渡也）第艺惠慧币弟滞际厉涕（荠韵同）契（契约）敝弊毙帝蔽髻锐戾裔袂系祭卫隶闭逝缀翳替细桂税婿例誓筮蕙诣砺励瘗噬继脆睿毳曳蒂睇妻（以女妻人）递逮蓟蚋薛荔唳捩粝泥（拘泥）媲嬖篲彗睥睨剂嚏谛缔剃屉悌俪锲帨贳掣羿棣蟪薙娣说（游说）赘憩猘髢鳜彘呓谜挤

【九泰（半）】会旆最贝沛霈绘脍荟狈侩桧蜕酹外兑

【十一队（半）】队内辈佩退碎背秽对废悔诲晦昧配妹喙

溃吠肺耒块碓刈悖焙淬琄琲倅敦（盘敦）

第四部

平声：六鱼七虞通用

【六鱼】鱼渔初书舒居裾琚车（麻韵同）渠蕖余予（我）誉（动词）舆馀胥狙锄疏（疎）蔬梳虚嘘墟徐猪闾庐驴诸储除滁蜍如畬淤好苴菹沮徂耡龉茹榈於祛蘧镰疽蛆醵纾樗躇（药韵同）欤旟据（拮据）

【七虞】虞愚娱隅蒭无芜巫于衢癯瞿氍儒襦濡须需朱珠株诛铢硃蛛殊俞瑜榆愉逾渝毹窬谀腴区躯驱岖趋扶符凫芙雏敷蘛趺夫肤纡输枢厨俱驹模谟摹蒲逋胡湖瑚乎壶狐弧孤辜姑觚菰徒途涂荼图屠奴吾梧吴租卢鲈炉芦颅垆蚨孥帑苏酥乌污（污秽）枯粗都茱侏姝禺嵎拘喁踽桴俘臾萸繻吁滹瓠糊醐餬呼沽酤泸舻轳鸬驽匍葡铺（铺盖）菟洿诬呜迂盂竽趺柎毋獳酴鸪骷刳蛄哺餔蒱摴葫呱蝴劬殂猢郛孚

仄声：上声六语七麌
去声六御七遇通用

【六语】语（语言）圄圉吕侣旅杼伫与（给予）予（赐予）渚煮

汝茹（食也）暑鼠黍杵处（居住、处理）贮女许拒炬距所楚础阻俎沮叙绪序屿墅巨去（除也）莒举讵溆浒御（禦）浒钜醑咀诅苎纻抒楮

【七麌】麌雨宇舞府鼓虎古股贾（商贾）估土吐圃庾户树（种植，动词）煦诩努辅组乳弩补鲁橹睹腐数（动词）簿竖普侮斧聚午伍釜缕部柱矩武五苦取抚浦主杜坞祖愈堵扈父甫怒（遇韵同）禹羽腑拊俯罟赌卤姥鹉拄莽（养韵同）栩椇窭脯妩庑否（是否）麈褛篓偻酤牡谱怙肚踽虏孥诂瞽牯羖祜沪雇仵缶母某亩蛊琥

【六御】御处（处所）去虑誉（名词）署据驭曙助絮著（显著）箸豫恕与（参与）遽疏（书疏）庶预语（告也）踞倨薯淤锯（虚见）觑狙（鱼韵同）翥薯

【七遇】遇路辂赂露鹭树（树木）度（制度）渡赋布步固素具数（数量）怒（麌韵同）务雾骛附兔故顾句墓慕暮募注住注驻炷祚裕误悟寤戍库护屦诉妒惧趣娶铸绔傅付谕喻妪芋捕哺互孺寓吐（麌韵同）赴沍污（动词）恶（憎恶）晤煦酤讣仆（偃仆）赙驸婺锢蛀飓怖铺（店铺）塑酺餔塑愫蠹溯镀璐雇瓠迕妇负阜副富（宥韵同）醋措

第五部

平声：九佳（半）十灰（半）通用

【九佳（半）】佳街鞋牌柴钗差（差使）崖涯（支麻韵同）偕阶皆谐骸排乖怀淮豺侪埋霾斋槐（灰韵同）睚崽楷稭揩挨俳

【十灰（半）】开哀埃台苔抬该才材财裁栽哉来莱灾猜孩徕骀胎唉咳垓挨皑呆腮

仄声：上声九蟹十贿（半）

去声九泰（半）十卦（半）十一队（半）通用

【九蟹】蟹解洒楷（佳韵同）拐矮摆买骇

【十贿（半）】海改采彩在宰醢铠恺待殆怠乃载（岁也）凯闿倍蓓迨亥

【九泰（半）】泰太带外盖大（个韵同）濑赖籁蔡害蔼艾丐奈柰汰癞霭

【十卦（半）】懈廨邂隘卖派债怪坏诫戒界介芥械薤拜快迈败稗晒瘵玠瀣湃寨疥届蒯篑蒉喟聩块惫

【十一队（半）】塞（边塞）爱代载（载运）态菜碍戴贷黛概岱溉慨耐在（所在）鼐玳再袋逮埭赉赛忾暧咳嗳昧

第六部

平声：十一真十二文十三元（半）通用

【十一真】真因茵辛新薪晨辰臣人仁神亲申身宾滨槟缤邻鳞麟珍瞋尘陈春津秦频蘋颦濒银垠筠巾困民岷珉泯（轸韵同）贫莼淳醇纯唇伦轮沦抡匀旬巡驯钧均榛遵循甄宸纶椿鹑嶙辚磷驎呻伸绅寅姻荀询峋氤恂嫔彬皴娠闽纫湮肫逡菌臻豳（邠）

【十二文】文闻纹蚊云分（分离）氛纷芬焚坟群裙君军勤斤筋勋薰曛醺芸耘芹欣氲荤汶汾殷雯贲纭昕熏

【十三元（半）】魂浑温孙门尊（樽）存敦墩炖暾蹲豚村屯囤（囤积）盆奔论（动词）昏痕根恩吞荪扪裈昆鲲坤仑婚阍髡馄喷猻饨臀跟轀缊瘟飧

仄声：上声十一轸十二吻十三阮（半）

去声十二震十三问十四愿（半）通用

【十一轸】轸敏允引尹尽忍准隼笋盾（阮韵同）楯闵悯菌（真韵同）蚓牝殒紧蠢陨哂诊疹赈肾蜃尽（尽管、尽量）膑黾泯窘吮缜

【十二吻】吻粉蕴愤隐谨近忿抆刎揾槿瑾恽辒

【十三阮（半）】混棍焜阃悃捆衮滚鲧稳本畚笨损忖囤遁很沌悬垦龈

【十二震】震信印进润阵镇刃顺慎鬓晋骏闰峻衅振俊疢舜赆吝烬讯仞迅汛趁衬仅觐寯蔺浚赈（轸韵同）龀认殡摈缙躏廑谆瞬韧濬殉馑

【十三问】问闻（名誉）运晕韵训粪忿（吻韵同）酝郡分（名分）紊愠近（动词）抆拼奋郓捃靳

【十四愿（半）】论（名词）恨寸困顿遁（阮韵同）钝闷逊嫩溷揾诨濆巽褪喷（元韵同）艮

第七部

平声：十三元（半）十四寒十五删一先通用

【十三元（半）】元原源沅鼋园袁猿垣烦蕃樊礬喧萱暄冤言轩藩媛援辕番繁翻幡璠骞鸳鹓蜿湲爰掀缙燔圈谖

【十四寒】寒韩翰（翰韵同）丹单安鞍难（艰难）餐檀坛滩弹残干肝竿阑栏澜兰看（翰韵同）刊丸完桓纨端湍酸团攒官观（观看）冠（衣冠）鸾銮峦欢宽盘蟠漫（大水貌）叹（翰韵同）邯郸摊玕拦磻珊狻鼾杆耑蹒姗殚箪瘅谰獾倌棺剜岏潘拚

（问韵同）洿槃般蹣瘢磐瞞谩馒鳗痠钻抟圞邗汗（可汗）

【十五删】删潸关弯湾还环鬟寰班斑蛮颜奸攀顽山闲艰间（中间）悭患（谏韵同）孱潺擐鐶阛翾圜菅般（寒韵同）颁鬘疝讪僝斒斓娴鹇葥殷（赤黑色）鳏纶（纶巾）

【一先】先前千阡笺天坚肩贤弦烟燕（地名）莲怜连田填巅鬈宣年颠牵妍研（研究）眠渊涓捐娟边编悬泉迁仙鲜（新鲜）钱煎然延筵毡旃蝉缠廛联篇偏绵全镌穿川缘鸢旋船涎鞭专圆员乾（乾坤）虔愆权拳椽传焉嫣鞯褰搴铅舷跹鹃筌痊诠悛邅鳣鹯禅婵躔颛燃涟琏便（安也）翩骈癫阗钿（霰韵同）沿蜒胭芊鳊胼軿滇佃畋咽湮狷蠲蛟蔫骞膻扇棉拴荃籼砖挛儇翾颧璇卷（曲也）扁（扁舟）单（单于）溅（溅溅）犍

仄声：上声十三阮（半）十四旱十五潸十六铣
去声十四愿（半）十五翰十六谏十七霰通用

【十三阮（半）】阮远（远近）晚苑返反饭（动词）偃蹇琬沅宛婉踠畹菀蜿晅绻巘挽堰幰

【十四旱】旱暖管琯满短馆（翰韵同）缓盥（翰韵同）碗懒伞卵（帤韵同）散（散布）伴诞罕瀚（浣）断（断绝）侃算（动词）款但坦袒纂缎拌澣谰莞

【十五潸】潸眼简版板阪盏产限绾柬拣撰馔赧皖汕刬铲

孱醆楝栈

【十六铣】铣善（善恶）遣（遣送）浅典转（霰韵同）衍犬选冕辇免展茧辨篆勉剪卷显饯（霰韵同）践喘藓软蹇（阮韵同）演兖件腆鲜（少也）跣缅缱殄扁匾蚬岘畎燹隽键娈泫癣阐颤膳鳝舛娩辗邅（先韵同）脔辫捻

【十四愿（半）】愿怨万饭（名词）献健建宪劝蔓券远（动词）侃键贩畈曼挽（挽联）瑗媛圈（猪圈）

【十五翰】翰（寒韵同）瀚岸汉难（灾难）断（决断）乱叹（寒韵同）观（楼观）干（树干，干练）散（解散）旦算（名词）玩烂贯半案按炭汗赞漫（寒韵同。又副词，独用）冠（冠军）灌爨窜幔粲灿璨换焕唤涣悍弹（名词）惮段看（寒韵同）判叛绊鹳伴畔锻腕惋馆扞旰捍疸但逭罐盥婉缎缦侃蒜钻谰

【十六谏】谏雁患涧间（间隔）宦晏慢盼豢栈（潸韵同）惯串绽幻瓣苋丱办谩讪（删韵同）铲绾孪篡裥扮

【十七霰】霰殿面（脸面）县变箭战扇煽膳传（传记）见砚院练链燕宴贱馔荐绢彦椽便（便利）眷面（面食）倦羡奠遍恋啭眩钏倩卞汴片禅（封禅）谴善（动词）溅饯转（以力转动）卷（书卷）甸电咽茜单念（念书）眄钿（先韵同）淀靛佃镟漩拣缮现狷炫衒绚罥绽线煎选旋颤擅缘（衣饰）撰喧谚媛忭弁援研（磨研）

第八部

平声：二萧三肴四豪通用

【二萧】萧箫挑貂刁凋雕迢条髫调（调和）蜩枭浇聊辽寥撩寮僚尧宵消霄绡销超朝潮嚣骄娇蕉焦椒饶硝烧（焚烧）遥徭摇谣瑶韶昭招镳瓢苗猫腰桥乔娆妖飘逍潇鸮骁翛祧鹪鹩缭獠嘹夭（夭夭）幺邀要（要求）姚樵谯憔标飚嫖漂（漂浮）剽佻龆苕岧噍哓跷侥了（明了）噍哓跷嶢侥魈蹻描钊轺桡铫鹞翘枵侨窑喓蟏礁

【三肴】肴巢交郊茅嘲钞包胶苞梢姣庖匏坳敲胞抛蛟崤鸡鞘抄蝥咆哮凹殽教（使也）淆跑艄捎爻咬铙茭炮（炮制）泡鲛犛刨抓

【四豪】豪劳毫操（操持）髦绦刀萄猱褒桃糟旄袍挠（巧韵同）蒿涛皋号（号呼）陶鳌曹遭羔糕高搔毛艘滔骚韬缫膏牢醪逃濠壕舠饕洮淘叨咷（啕）篙熬遨翱嗷臊嗥绹忉尻麈螯獒敖牦漕嘈槽弢掏唠涝芼捞痨

仄声：上声十七筱十八巧十九皓
去声十八啸十九效二十号通用

【十七筱】筱小表鸟了（未了，了得）晓少（多少）扰绕绍杪沼眇矫皎皦杳窈窕袅挑（挑拨）掉（啸韵同）肇缥缈渺淼茑嫋赵兆旐缴缭（萧韵同）夭（夭折）悄舀侥蓼娆硗剿晁藐秒殍瞭

【十八巧】巧饱卯狡爪鲍挠（豪韵同）搅绞拗咬炒吵佼姣（肴韵同）昴茆獠（萧韵同）

【十九皓】皓宝藻早枣老好（好丑）道稻造（造作）脑恼岛倒（跌到）祷（号韵同）捣抱讨考燥扫（号韵同）嫂保鸨稿草昊浩镐杲缟槁堡皂瑙媪燠袄懊葆褓毛澡套涝蚤拷栲

【十八啸】啸笑照庙窍妙诏召邵要（重要）曜耀调（音调）钓吊叫少（老少）眺诮料疗潦掉（筱韵同）峤徼粜跳嘹漂镣廖尿肖鞘峭悄（筱韵同）哨俏醮爝剿噭燎（筱韵同）鹩鹞轿剽骠票铫（萧韵同）

【十九效】效教（教训）貌校孝闹豹罩棹觉（寤也）较窖爆炮（枪炮）刨（肴韵同）泡（肴韵同）稍钞（肴韵同）拗敲（肴韵同）淖

【二十号】号（号令）帽报导操（操行）盗噪灶奥隩告（告诉）诰暴（强暴）好（爱好）到蹈劳（慰劳）傲躁造（造就）冒悼倒（颠倒）燥犒靠燠（皓韵同）懊瑁耄糙套（皓韵同）纛（沃韵同）潦耗

第九部

平声：五歌（半）

【五歌】歌多罗河戈阿和（和平）波科柯陀娥蛾鹅萝荷（荷花）何过（经过）磨（琢磨）螺禾珂蓑婆坡呵哥轲沱鼍拖驼跎佗（他）颇（偏颇）峨俄摩么娑莎迦疴苛蹉嵯驮瑳箩啰逻锣哪挪锅诃窠蝌髁倭涡窝緺讹陂鄱皤魔梭唆骡挼靴痾搓哦瘥酡

仄声：上声二十哿
去声二十一个通用

【二十哿】哿火舸亸舵我拖娜荷（负荷）可左果裹朵锁琐堕惰妥坐（坐立）裸跛颇（稍也）夥颗祸棰婀逻爹（麻韵同）卵那坷簸叵垛哆硪么（歌韵同）峨（歌韵同）

【二十一个】个贺佐大（泰韵同）饿过（歌韵同。又过失，独用）和（唱和）座挫课唾播破卧货涴簸轲（轗轲）驮髁（歌韵同）磋作做磨（磨磐）剁懦糯缚锉挼些（楚些）

第十部

平声：九佳（半）六麻通用

【九佳（半）】佳涯（支、麻韵同）娲蜗蛙娃哇

【六麻】麻花霞家茶华沙车（鱼韵同）牙蛇瓜斜邪芽嘉瑕纱鸦遮叉奢涯（支、佳韵同）夸巴耶嗟遐蕸加笳赊槎差（差错）蟆骅虾葭袈裟砂衙枒呀琶耙芭杷笆疤爬葩些（少也）佘鲨查楂渣爹挝咤拿椰琊珈跏枷迦痂茄桠丫哑划哗胯抓洼呱

仄声：上声二十一马
去声十卦（半）二十二祃通用

【二十一马】马下（上下）者野雅瓦寡社写泻夏（华夏）也把贾（姓贾）假（真假）厦惹冶且玛鲊姐灺舍喏赭洒罜蝦瘕剐打耍那

【十卦（半）】卦挂画（图画）罣

【二十二祃】祃驾夜下（降也）谢榭罢夏（春夏）霸暇灞嫁赦藉（凭藉）假（休假）蔗化舍（庐舍）价射骂稼架诈亚麝怕借卸帕坝靶鹧贳炙嗄乍咤诧侘罅吓娅哑稏讶迓华（姓华）桦话跨衩胯（遇韵同）柘

第十一部

平声：八庚九青十蒸通用

【八庚】庚更（更改）羹盲横（纵横）觥彭亨英烹平评枰京惊荆明盟鸣荣莹兵兄卿生甥笙牲擎鲸迎行（行走）衡耕萌甍宏闳茎罂莺樱泓橙争筝清情晴精睛菁晶旌盈楹瀛嬴赢营婴缨贞成盛（盛受）城诚呈程酲声征正（正月）轻名令（使令）并（并州）倾萦琼峥嵘撑粳坑铿撄鹦鶁蘅澎膨棚浜坪苹钲伧檠嘤轰琤铮狰宁狞瞪绷怦璎砰氓饧鲭侦柽赪蛏茔茕赓黉瞠

【九青】青经泾形陉亭庭廷霆蜓停丁仃馨星腥醒（醉醒）惺俜灵龄玲铃伶零听（径韵同）冥溟铭瓶屏萍軿荧萤荥扃垌蜻硎苓聆瓴翎娉婷宁暝瞑螟猩钉疔叮厅町鸰泠棂醽囹軨羚蛉咛型邢

【十蒸】蒸烝承丞惩澄陵凌绫菱冰膺膺鹰应（应当）蝇绳乘（驾乘，动词）升胜（胜任）兴（兴起）缯凭仍兢矜征（征求）称（称赞）登灯僧憎增曾矰层能朋鹏肱薨腾藤恒罾崩滕誊崚嶒姮塍冯症簦瞢凝（径韵同）棱楞

仄声：上声二十三梗二十四迥
去声二十四敬二十五径通用

【二十三梗】梗影景井岭领境警请饼永骋逞颖颍顷整静省幸颈郢猛丙炳杏秉耿矿冷靖哽绠荇艋蜢皿儆悻婧阱狰靓惺打瘿犷眚憬鲠

【二十四迥】迥炯茗挺艇梃醒（青韵同）酩酊并（並，并行，并且）等鼎顶肯拯謦剄溟

【二十四敬】敬命正（正直）令（命令）证性政镜盛（茂盛）行（学行）圣咏姓庆映病柄劲竞靓净竟孟诤更（更加）并（合并）聘硬横（蛮横）炳泳迸摒阱檠迎郑獍

【二十五径】径定听胜（胜败）罄磬应（答应）赠乘（名词）佞称（相称）秤邓莹（庚韵同）证孕兴（兴趣）剩凭（蒸韵同）迳甑宁（宁可；姓）胫暝（夜也）钉（动词）订饤锭謦泞瞪蹭蹬亘（亘古）镫（鞍镫）滢隥凳磴泾

第十二部

平声：十一尤（独用）

【十一尤】尤邮优尤流旒留骝榴刘由油游猷悠攸牛修羞秋周州洲舟酬雠柔俦畴筹稠丘邱抽瘳遒收鸠搜驺愁休囚求裘仇浮谋牟眸侔矛侯喉猴讴鸥楼陬偷头投钩沟幽纠樛啾鹙鞦楸蚯踌绸惆勾娄琉疣犹邹兜呦咻貅球蜉蝣犨帱阄瘤硫浏庥湫泅酋瓯啁飕鍪篌璆沤（水泡，名词）抠韝篝诌骰偻蝼髅搂欧彪掊醅虬揉蹂抔不（与有韵“否”通）瓿缪（绸缪）

仄声：上声二十五有
去声二十六宥通用

【二十五有】有酒首口母（麌韵同）後柳友妇（麌韵同）斗（升斗，星斗）狗久负（麌韵同）厚手叟守右否（麌韵同）丑受牖偶走阜（麌韵同）九后咎薮吼帚垢亩（麌韵同）舅纽藕朽臼肘韭剖诱牡（麌韵同）缶酉苟糗扣叩塿某莠寿绶玖授蹂（尤韵同）揉（尤韵同）溲纣钮扭耇呕殴纠耦掊瓿拇姆擞绺抖陡蚪篓黝赳取（麌韵同）

【二十六宥】宥候就售（尤韵同）寿（有韵同）秀绣宿（星宿）

奏富（遇韵同）兽斗（鬭，争斗）漏陋狩昼寇茂旧胄宙袖岫柚覆复（復，又也）救厩臭佑右囿豆饾窦瘦漱咒究疚谬皱逅嗅遘溜镂逗透骤又侑幼读（句读）堠仆副（遇韵同）仆锈鹫霤绉僽咮灸籀酎诟蔻僦构扣购彀戊懋贸袤嗽凑鼬甃沤（动词）

第十三部

平声：十二侵（独用）

【十二侵】侵寻浔临林霖针箴斟沉（沈）心砧深淫琴禽擒衾钦吟今襟（衿）金音阴岑簪（覃韵同）壬任（负荷）歆森禁（力所胜任）祲骎喑骎参（参差）琛涔忱淋妊掺参（人参）椹郴芩檎琳蟫愔黔嵚

仄声：上声二十六寝
去声二十七沁通用

【二十六寝】寝饮（饮食）锦品枕（枕衾）审甚（沁韵同）廪衽稔沈（姓氏）凛懔朕荏婶葚禀噤谂怎恁饪覃

【二十七沁】沁饮（使饮）禁（禁令）任（信任）荫浸谮谶枕（动词）甚（寝韵同）噤鸩赁喑渗窨妊

第十四部

平声：十三覃十四盐十五咸通用

【十三覃】覃潭参（参考）骖南楠男谙庵含涵函（包函）岚蚕探贪耽眈龛堪谈甘三酣柑惭蓝担簪（侵韵同）谭昙坛酖婪毵鬖戡颔痰篮褴蚶憨泔聃邯蟫（侵韵同）

【十四盐】盐檐廉帘嫌严占（占卜）髯谦奁纤签瞻蟾炎添兼缣沾尖潜阎镰幨黏淹钳甜恬拈砭詹蒹歼黔钤佥噡觇崦鬑渐鹣腌襜阉

【十五咸】咸函（书函）缄岩谗衔帆衫杉监（监察）凡馋芟搀巉镵喃嵌掺

仄声：上声二十七感二十八俭二十九豏
去声二十八勘二十九艳三十陷通用

【二十七感】感览揽胆澹（淡，勘韵同）憺啖坎惨敢颔（覃韵同）撼毯糁湛菡萏罱椠喊嵌（咸韵同）橄榄轗

【二十八俭】俭焰敛（艳韵同）险检脸染掩点簟贬冉苒陕谄忝（艳韵同）俨闪剡琰奄歉芡崭堑渐睒飐罨崄捡弇崦玷

【二十九豏】豏槛范减舰犯湛斩黯瀺巉（咸韵同）

【二十八勘】勘暗滥啖担憾暂三（再三）绀憨澹（咸韵同）瞰淡缆

【二十九艳】艳剑念验堑赡店占（占据）敛（聚敛）厌焰（俭韵同）垫欠僭酽潋滟俺砭坫

【三十陷】陷鉴泛梵忏赚蘸嵌站馅

第十五部

入声：一屋二沃通用

【一屋】屋木竹目服福禄谷熟肉族鹿漉腹菊陆轴逐苜蓿牧伏宿（住宿）夙读（读书）犊渎牍椟黩縠复（復，恢复）粥肃碌骕鬻育六缩哭幅斛戮仆（仆人）畜蓄叔淑倏独卜馥沐速祝麓辘镞蹙筑穆睦秃縠覆辐瀑郁（忧郁，郁郁葱葱）舳掬踘蹴踢茯袱鸽鹏髑槲扑匐簌蔟煜复（複，复杂）蝠菔孰塾矗竺曝曲（麴）鞠暰谡簏副国（职韵同）

【二沃】沃俗玉足曲粟烛属录辱狱绿毒局欲束鹄蜀促触续浴酷躅褥旭欲笃督赎渌纛碡北（职韵同）瞩嘱菉勖溽缛梏酥

第十六部

入声：三觉十药通用

【三觉】觉（知觉）角桷榷岳乐（音乐）捉朔数（频数）卓斲啄琢剥驳雹璞朴壳确浊擢濯渥幄握学龌龊槊搦镯喔邈荦

【十药】药薄恶（善恶）作乐（哀乐）落阁（閣）鹤爵弱约脚雀幕洛壑索郭错跃若酌托削铎凿箔鹊诺萼度（测度）橐钥籥瀹着著虐掠获（收获）泊搏藿嚼勺谑廓绰霍镬莫箨缚貉各略骆寞膜鄂博昨柝格拓翘铄烁灼杓疟蒻箬芍蹻却屩噱矍攫醵踱魄酪络烙饦珞膊粕簿柞漠摸酢怍濩涸郝垩齶谔鳄噩崿锷鹗颚缴扩椁陌（陌韵同）

第十七部

入声：四质十一陌十二锡十三职十四缉通用

【四质】质日笔出室实疾术一乙壹吉秩率律逸佚失漆栗毕恤密蜜橘溢瑟膝匹述慄黜弼跸七叱卒（终也）虱悉戌嫉帅（动词）蒺侄踬怵朮蟋筚篥必泌荜秫栉姞唧帙溧谧昵愠轶聿诘耋垤捽茁鹬崒潏蜜鹬苾窒

【十一陌】陌石客白泽伯迹宅席策册碧籍（典籍）格役帛戟璧驿麦额柏魄积（积聚）脉夕液尺隙逆画（动词）百辟赤易（变易）革脊获（猎获）翮屐适（適）索厄隔益窄核舄掷责坼惜癖僻掖腋释译峄择摘弈奕帟迫疫昔赫瘠谪亦硕貊跖鹡碛踖只炙（动词）踯斥穸鬲骼舶珀吓磔拆喀剨蚱舴剧檗擘槅栅啧帻箦扼划蜴帼蝈刺嵴汐藉螫蓦摭哑（笑声）鬄虢绎射（音亦）

【十二锡】锡壁历枥击绩勣笛敌滴镝檄激寂觌溺觅狄荻幂戚鹢涤的吃沥雳霹惕剔砾翟籴倜析晰淅蜥劈甓嫡轹砾栎阒菂踢迪皙裼逖蜺阒汨（汨罗江）

【十三职】职国德食（饮食）蚀色力翼墨极殛息熄直值得北黑侧贼饰刻则塞（闭塞）式轼域蜮殖植敕亟棘惑忒默织匿慝亿忆臆薏特勒肋幅仄昃稷识（知识）逼克即唧（质韵同）弋拭陟恻测翊洫啬穑鲫鹓抑或匐（屋韵同）

【十四缉】缉辑戢立集邑急入泣湿习给十拾袭及级涩粒楫（叶韵同）汁蛰执笠唈隰汲吸縶挹浥悒岌裛悒熠葺濈靸什芨廿卌揖熠（屋韵同）歙笈（叶韵同）圾褶翕

第十八部

入声：五物六月七曷八黠九屑十六叶通用

【五物】物佛拂屈郁（欝，馥郁，郁郁乎文哉）乞掘（月韵同）讫吃（口吃）绂弗勿迄不怫绋沸茀厥倔歘崛尉蔚黦契屹熨（未韵同）祓

【六月】月骨发阙越谒没伐罚卒（士卒）竭窟笏钺歇突忽袜鹘（黠韵同）厥（物韵同）蹶蕨曰阀筏殁橛掘（物韵同）核蝎勃孛渤悖（队韵同）揭（屑韵同）碣粤樾鳜脖饽鹁捽（质韵同）猝惚兀讷（呐）咄（曷韵同）羯凸矻

【七曷】曷达末阔钵脱夺褐割沫拔（挺拔）葛闼渴拨豁括抹遏挞跋撮泼秣掇（屑韵同）聒獭（黠韵同）剌喝磕蘖瘌袜活鸹斡怛钹捋

【八黠】黠拔（拔擢）八察杀刹轧戛瞎刮刷滑辖铩猾捌叭札扎鹘帕茁揠萨捺

【九屑】屑节雪绝列烈结穴说血舌洁别缺裂热决铁灭折拙切悦辙诀泄锲咽（呜咽）轶噎彻澈哲鳖设啮劣抉截窃孽浙孑桔颉拮撷揭褐（曷韵同）呋缬碣（月韵同）挈抉亵薛拽（曳）爇冽瞥迭跌阅餮耋垤捏页阕觖谲鴂撇蹩篾楔惙辍啜

缀撤蕝绁杰桀涅霓（蜺，齐、锡韵同）批（齐韵同）

【十六叶】叶帖贴牒接猎妾蝶叠箧惬涉鬣捷颊楫（檝，缉韵同）聂摄慑镊蹑协慴侠荚挟铗浃睫厌靥㲲蹀躞燮摺辄婕屧谍堞擪霎䨳箑嗫喋碟鲽捻晔笈晔躐馌裛（缉韵同）

第十九部

入声：十五合十七洽通用

【十五合】合塔答纳榻阁（閤）杂腊匝阖蛤衲沓鸽踏拓拉盍塌咂盒卅搭褡飒磕榼遢蹋蜡溘遝邋趿

【十七洽】洽狭峡法甲业邺匣压鸭乏怯劫胁插锸押狎夹恰蛱硖札掐袷眨胛呷歃闸箑霎（叶韵同）

词牌索引

（按词牌首字音序排列，楷体为别名）

国家新闻出版广电总局
首届向全国推荐中华优秀传统文化普及图书

大家小书书目

国学救亡讲演录	章太炎 著 蒙 木 编
门外文谈	鲁 迅 著
经典常谈	朱自清 著
语言与文化	罗常培 著
习坎庸言校正	罗 庸 著 杜志勇 校注
鸭池十讲（增订本）	罗 庸 著 杜志勇 编订
古代汉语常识	王 力 著
国学概论新编	谭正璧 编著
文言尺牍入门	谭正璧 著
日用交谊尺牍	谭正璧 著
敦煌学概论	姜亮夫 著
训诂简论	陆宗达 著
金石丛话	施蛰存 著
常识	周有光 著 叶 芳 编
文言津逮	张中行 著
经学常谈	屈守元 著
国学讲演录	程应镠 著
英语学习	李赋宁 著
中国字典史略	刘叶秋 著
语文修养	刘叶秋 著
笔祸史谈丛	黄 裳 著
古典目录学浅说	来新夏 著
闲谈写对联	白化文 著
汉字知识	郭锡良 著
怎样使用标点符号（增订本）	苏培成 著
汉字构型学讲座	王 宁 著

诗境浅说	俞陛云　著
唐五代词境浅说	俞陛云　著
北宋词境浅说	俞陛云　著
南宋词境浅说	俞陛云　著
人间词话新注	王国维　著　滕咸惠　校注
苏辛词说	顾　随　著　陈　均　校
诗论	朱光潜　著
唐五代两宋词史稿	郑振铎　著
唐诗杂论	闻一多　著
诗词格律概要	王　力　著
唐宋词欣赏	夏承焘　著
槐屋古诗说	俞平伯　著
词学十讲	龙榆生　著
词曲概论	龙榆生　著
唐宋词格律	龙榆生　著
楚辞讲录	姜亮夫　著
读词偶记	詹安泰　著
中国古典诗歌讲稿	浦江清　著 浦汉明　彭书麟　整理
唐人绝句启蒙	李霁野　著
唐宋词启蒙	李霁野　著
唐诗研究	胡云翼　著
风诗心赏	萧涤非　著　萧光乾　萧海川　编
人民诗人杜甫	萧涤非　著　萧光乾　萧海川　编
唐宋词概说	吴世昌　著
宋词赏析	沈祖棻　著
唐人七绝诗浅释	沈祖棻　著
道教徒的诗人李白及其痛苦	李长之　著
英美现代诗谈	王佐良　著　董伯韬　编
闲坐说诗经	金性尧　著
陶渊明批评	萧望卿　著

古典诗文述略	吴小如　著
诗的魅力 ——郑敏谈外国诗歌	郑　敏　著
新诗与传统	郑　敏　著
一诗一世界	邵燕祥　著
舒芜说诗	舒　芜　著
名篇词例选说	叶嘉莹　著
汉魏六朝诗简说	王运熙　著　董伯韬　编
唐诗纵横谈	周勋初　著
楚辞讲座	汤炳正　著 汤序波　汤文瑞　整理
好诗不厌百回读	袁行霈　著
山水有清音 ——古代山水田园诗鉴要	葛晓音　著
红楼梦考证	胡　适　著
《水浒传》考证	胡　适　著
《水浒传》与中国社会	萨孟武　著
《西游记》与中国古代政治	萨孟武　著
《红楼梦》与中国旧家庭	萨孟武　著
《金瓶梅》人物	孟　超　著　张光宇　绘
水泊梁山英雄谱	孟　超　著　张光宇　绘
水浒五论	聂绀弩　著
《三国演义》试论	董每戡　著
《红楼梦》的艺术生命	吴组缃　著　刘勇强　编
《红楼梦》探源	吴世昌　著
《西游记》漫话	林　庚　著
史诗《红楼梦》	何其芳　著 王叔晖　图　蒙　木　编
细说红楼	周绍良　著
红楼小讲	周汝昌　著　周伦玲　整理

曹雪芹的故事	周汝昌 著 周伦玲 整理
古典小说漫稿	吴小如 著
三生石上旧精魂 ——中国古代小说与宗教	白化文 著
《金瓶梅》十二讲	宁宗一 著
中国古典小说十五讲	宁宗一 著
古体小说论要	程毅中 著
近体小说论要	程毅中 著
《聊斋志异》面面观	马振方 著
《儒林外史》简说	何满子 著
我的杂学	周作人 著 张丽华 编
写作常谈	叶圣陶 著
中国骈文概论	瞿兑之 著
谈修养	朱光潜 著
给青年的十二封信	朱光潜 著
论雅俗共赏	朱自清 著
文学概论讲义	老 舍 著
中国文学史导论	罗 庸 著 杜志勇 辑校
给少男少女	李霁野 著
古典文学略述	王季思 著 王兆凯 编
古典戏曲略说	王季思 著 王兆凯 编
鲁迅批判	李长之 著
唐代进士行卷与文学	程千帆 著
说八股	启 功 张中行 金克木 著
译余偶拾	杨宪益 著
文学漫识	杨宪益 著
三国谈心录	金性尧 著
夜阑话韩柳	金性尧 著
漫谈西方文学	李赋宁 著
历代笔记概述	刘叶秋 著

周作人概观　　舒　芜　著
古代文学入门　　王运熙　著　董伯韬　编
有琴一张　　资中筠　著
中国文化与世界文化　　乐黛云　著
新文学小讲　　严家炎　著
回归，还是出发　　高尔泰　著
文学的阅读　　洪子诚　著
中国文学1949—1989　　洪子诚　著
鲁迅作品细读　　钱理群　著
中国戏曲　　么书仪　著
元曲十题　　么书仪　著
唐宋八大家
——古代散文的典范　　葛晓音　选译

辛亥革命亲历记　　吴玉章　著
中国历史讲话　　熊十力　著
中国史学入门　　顾颉刚　著　何启君　整理
秦汉的方士与儒生　　顾颉刚　著
三国史话　　吕思勉　著
史学要论　　李大钊　著
中国近代史　　蒋廷黻　著
民族与古代中国史　　傅斯年　著
五谷史话　　万国鼎　著　徐定懿　编
民族文话　　郑振铎　著
史料与史学　　翦伯赞　著
秦汉史九讲　　翦伯赞　著
唐代社会概略　　黄现璠　著
清史简述　　郑天挺　著
两汉社会生活概述　　谢国桢　著
中国文化与中国的兵　　雷海宗　著
元史讲座　　韩儒林　著

魏晋南北朝史稿	贺昌群　著
汉唐精神	贺昌群　著
海上丝路与文化交流	常任侠　著
中国史纲	张荫麟　著
两宋史纲	张荫麟　著
北宋政治改革家王安石	邓广铭　著
从紫禁城到故宫——营建、艺术、史事	单士元　著
春秋史	童书业　著
明史简述	吴　晗　著
朱元璋传	吴　晗　著
明朝开国史	吴　晗　著
旧史新谈	吴　晗　著　习　之　编
史学遗产六讲	白寿彝　著
先秦思想讲话	杨向奎　著
司马迁之人格与风格	李长之　著
历史人物	郭沫若　著
屈原研究（增订本）	郭沫若　著
考古寻根记	苏秉琦　著
舆地勾稽六十年	谭其骧　著
魏晋南北朝隋唐史	唐长孺　著
秦汉史略	何兹全　著
魏晋南北朝史略	何兹全　著
司马迁	季镇淮　著
唐王朝的崛起与兴盛	汪　篯　著
南北朝史话	程应镠　著
二千年间	胡　绳　著
论三国人物	方诗铭　著
辽代史话	陈　述　著
考古发现与中西文化交流	宿　白　著
清史三百年	戴　逸　著

清史寻踪	戴　逸　著
走出中国近代史	章开沅　著
中国古代政治文明讲略	张传玺　著
艺术、神话与祭祀	张光直　著 刘　静　乌鲁木加甫　译
中国古代衣食住行	许嘉璐　著
辽夏金元小史	邱树森　著
中国古代史学十讲	瞿林东　著
历代官制概述	瞿宣颖　著
宾虹论画	黄宾虹　著
中国绘画史	陈师曾　著
和青年朋友谈书法	沈尹默　著
中国画法研究	吕凤子　著
桥梁史话	茅以升　著
中国戏剧史讲座	周贻白　著
中国戏剧简史	董每戡　著
西洋戏剧简史	董每戡　著
俞平伯说昆曲	俞平伯　著　陈　均　编
新建筑与流派	童　寯　著
论园	童　寯　著
拙匠随笔	梁思成　著　林　洙　编
中国建筑艺术	梁思成　著　林　洙　编
沈从文讲文物	沈从文　著　王　风　编
中国画的艺术	徐悲鸿　著　马小起　编
中国绘画史纲	傅抱石　著
龙坡谈艺	台静农　著
中国舞蹈史话	常任侠　著
中国美术史谈	常任侠　著
说书与戏曲	金受申　著
世界美术名作二十讲	傅　雷　著

中国画论体系及其批评	李长之　著
金石书画漫谈	启　功　著　赵仁珪　编
吞山怀谷 ——中国山水园林艺术	汪菊渊　著
故宫探微	朱家溍　著
中国古代音乐与舞蹈	阴法鲁　著　刘玉才　编
梓翁说园	陈从周　著
旧戏新谈	黄　裳　著
民间年画十讲	王树村　著　姜彦文　编
民间美术与民俗	王树村　著　姜彦文　编
长城史话	罗哲文　著
天工人巧 ——中国古园林六讲	罗哲文　著
现代建筑奠基人	罗小未　著
世界桥梁趣谈	唐寰澄　著
如何欣赏一座桥	唐寰澄　著
桥梁的故事	唐寰澄　著
园林的意境	周维权　著
万方安和 ——皇家园林的故事	周维权　著
乡土漫谈	陈志华　著
现代建筑的故事	吴焕加　著
中国古代建筑概说	傅熹年　著
简易哲学纲要	蔡元培　著
大学教育	蔡元培　著 北大元培学院　编
老子、孔子、墨子及其学派	梁启超　著
春秋战国思想史话	嵇文甫　著
晚明思想史论	嵇文甫　著
新人生论	冯友兰　著

中国哲学与未来世界哲学	冯友兰 著
谈美	朱光潜 著
谈美书简	朱光潜 著
中国古代心理学思想	潘 菽 著
新人生观	罗家伦 著
佛教基本知识	周叔迦 著
儒学述要	罗 庸 著 杜志勇 辑校
老子其人其书及其学派	詹剑峰 著
周易简要	李镜池 著 李铭建 编
希腊漫话	罗念生 著
佛教常识答问	赵朴初 著
维也纳学派哲学	洪 谦 著
大一统与儒家思想	杨向奎 著
孔子的故事	李长之 著
西洋哲学史	李长之 著
哲学讲话	艾思奇 著
中国文化六讲	何兹全 著
墨子与墨家	任继愈 著
中华慧命续千年	萧萐父 著
儒学十讲	汤一介 著
汉化佛教与佛寺	白化文 著
传统文化六讲	金开诚 著 金舒年 徐令缘 编
美是自由的象征	高尔泰 著
艺术的觉醒	高尔泰 著
中华文化片论	冯天瑜 著
儒者的智慧	郭齐勇 著
中国政治思想史	吕思勉 著
市政制度	张慰慈 著
政治学大纲	张慰慈 著
民俗与迷信	江绍原 著 陈泳超 整理

政治的学问	钱端升 著 钱元强 编
从古典经济学派到马克思	陈岱孙 著
乡土中国	费孝通 著
社会调查自白	费孝通 著
怎样做好律师	张思之 著 孙国栋 编
中西之交	陈乐民 著
律师与法治	江 平 著 孙国栋 编
中华法文化史镜鉴	张晋藩 著
新闻艺术（增订本）	徐铸成 著
经济学常识	吴敬琏 著 马国川 编
中国化学史稿	张子高 编著
中国机械工程发明史	刘仙洲 著
天道与人文	竺可桢 著 施爱东 编
中国医学史略	范行准 著
优选法与统筹法平话	华罗庚 著
数学知识竞赛五讲	华罗庚 著
中国历史上的科学发明（插图本）	钱伟长 著

出版说明

“大家小书”多是一代大家的经典著作，在还属于手抄的著述年代里，每个字都是经过作者精琢细磨之后所拣选的。为尊重作者写作习惯和遣词风格、尊重语言文字自身发展流变的规律，为读者提供一个可靠的版本，“大家小书”对于已经经典化的作品不进行现代汉语的规范化处理。

提请读者特别注意。

北京出版社